我的老婆是巨寇
木土 ◎著
01

CONTENTS

目錄

第一章

劫男色

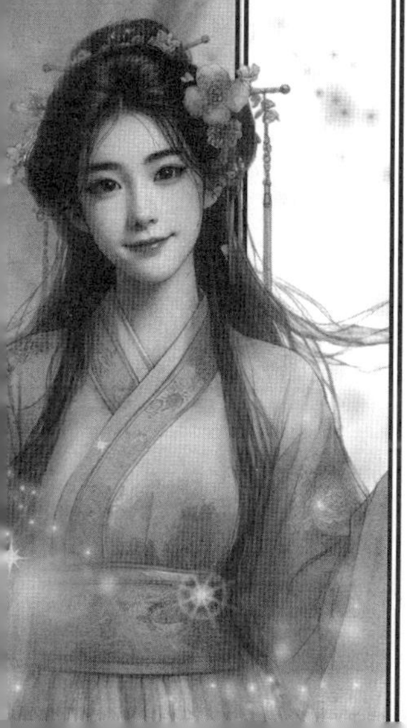

黃土長道，長滿了野草。

陽光籠罩著，馬背上有點顛簸，林楚慢慢醒來。

睜開眼的時候，他看到的是晃動的地面、黃色的土、雜亂的野草，還有斑駁的陽光。

肚子擠壓得有點難受，但他並沒有動彈，依舊保持原樣，一切未明之前，還是要保持沉默。

慢慢清醒過來，林楚這才發現，他被捆住了。

雙手捆在身後，趴在馬背上。

這是被綁架了？

林楚一時之間沒有弄清楚情況，他就記得是在玩低空跳傘穿過一處峽谷的時候，撞到了谷壁滾落的大石頭上。

那一刻，他覺得他已經死了……應當是已經死了，沒想到在那種情況下還能活下來，只是被人給綁了。

每一個玩跳傘的人，都不會是沒有錢的，林楚收入很不錯，工作也不錯，能力也相當不錯，可以說是積累豐富。

顛簸的馬晃著，他心中有些吐槽，就不能開輛車嗎？這馬背上還真是不舒服，讓他有一種想吐的感覺。

他的心裡浮起幾分的異樣，能活下來就好，被綁了，總有辦法脫困的。

無論如何，他不缺勇氣，也不缺能力，力量驚人，身體素質一等一的，在格鬥方面很有一套。

身邊傳來一陣的交談音，粗豪的聲音響起：「軍師，剛才我是不是下手太重了，把這秀才給打死了？」

「一會兒再看看吧，這個林楚可是方圓百里之內最合適的秀才了，當家的之前說，一定要一位秀才當壓寨相公，這可真是不好找啊。」

說話的男人聲音有些儒雅，口音很獨特，林楚怔了怔，有點不明所以，這又是什麼情況？

拍戲嗎？又是大當家，又是秀才。

只是直到這一刻，他才覺得後腦勺有點頭疼，而且似乎還有點出血了，血都已經凝固成塊了……

風吹著，空氣中浮動著泥土的芬芳，這似乎是春天了。

林楚想到這裡時，腦海中不由一陣鑽心的痛，他咬著牙，不想出聲。

情況未明之時，他不敢暴露出來，他的性格就是這樣，總有些謹慎。

腦海中浮起一幅幅畫面，他驀然想起來，他似乎真是秀才，躍山城永安坊的林楚。

這麼說，他應當是穿越了。

回味著秀才林楚的一生，今年十七歲的他，在兩年前中了秀才，那一年他才十五歲，而且還考到了一等，可以參加今年的鄉試了。

鄉試就在八月，沒想到這樣一個才華橫溢的年輕人，被人一記悶棍打死了，不得不說，這些人下手的確是有點狠。

當然了，秀才林楚的身子骨也弱了點，怪不得他覺得有點奇怪，明顯沒有前一世的那種肌肉感與力量感。

要想玩跳傘，那麼身體條件一定是極為不錯的。

路越走越窄，沒入了山林之中。

林楚聽著身邊的兩個人聊天，也漸漸明白過來是怎麼回事了。

他這是被劫了，不是劫財，而是劫色啊。

想一想山上的當家的，或許是一位能征善戰、膘肥體壯的女人，他覺得心裡有點堵，以他現在的身子骨，估計堅持不了幾天吧。

林楚下定決心，還是要想辦法逃跑，無論如何，不能被人給拉到山上，天天伺候著那樣一位女壯士。

山間的路雖窄，但暗哨卻是不少，林楚判斷出，除了劉猛、軍師，隨行的還有不少山賊，逃跑的壓力很大。

在情況未明之前，一切還是要小心，所以在下一刻，林楚哼哼了幾聲，醒了過來。

「醒了！」劉猛的聲音傳來。

林楚覺得天旋地轉，被人拎著腰帶，直接坐了起來，他這才看清楚四周的情況。

劉猛生得高大，穿著一件黑色的甲衣，背著一把大斧，胳膊比林楚的大腿還要粗。

以林楚的判斷，他的身高差不多有兩米了，那真是相當雄壯。

四周還有十六人，穿著甲衣，個個彪悍，都是二十歲左右的樣子，看起來就很能打。

幾人圍著一名白袍男子，三十多歲，腰間佩劍，有些微微的滄桑感，鬢角有幾縷白髮，這應當就是軍師了。

「秀才，你不再跑了？」劉猛盯著他，目光有點凶狠。

林楚搖了搖頭，很平靜。

他不是十七歲的林楚了；前一世，他已經三十多歲了，玩跳傘的人，那就是真正看淡了生死，所以真要說害怕，那也不至於。

「落到你們的手裡，我也沒什麼好說的，我是讀書人，不與你們爭辯，因為有理也說不清楚。

只不過你們還是鬆開我吧，因為完全沒有必要，我跑得過馬嗎？這樣綁著總是有些不舒服的。」

林楚揚聲道，一臉平靜。

軍師扭頭看了他一眼，目光中透著讚賞，對著劉猛點了點頭。

劉猛從腰間摸出一把小刀，直接割斷了繩子。

林楚活動了一下手腳，心中明白，古代那些占山為王的山賊，大多數都是落魄的百姓，像是這種有馬還有戰甲的山賊，應當都是有組織、有紀律的，真正的大山賊。

碰到這樣的人，跑是跑不掉了，只能上了山再看情況。

他沒騎過馬，但玩過跳傘，所以身體的平衡性極好，唯一的麻煩就是這具身體不是原來的那具，有些虛弱了。

所以林楚花了一段時間來適應騎馬，等到了山寨前才慢慢適應了幾分。

軍師一直在默默地觀察著他，看到他騎馬的樣子，目光縮了縮，透著幾分的異樣。

山寨的位置挺高，大門用了厚重的木頭拼成，兩側的圍牆前還有著守城用的鹿角之類的物事，牆內還堆著許多的巨石，一旦放出去就是災難了，易守難攻。

一側還有一道瀑布墜落，轟鳴著，濺起無數的水花——這說明山上有水，林楚覺得這個地方真是美極了。

進入大門之中，他這才發現，一側還有大面積的農田，種著許多的莊稼，看樣子應當是小麥。

一片片建築形成了一個村子，遠處還有打鐵的聲音傳來，這是一個完整的村落了。

「秀才，先委屈你一下了。」軍師扭頭看了林楚一眼，接著吩咐左右：「來人，將秀才送到側院去。」

林楚沒說話，跟著人就走，畢竟人為刀俎，我為魚肉，沒什麼可說的。側院就是個農家小院，挺大，青瓦白牆，院子裡還有一群雞。

林楚被安排在堂屋中，整個院子裡只有一名很粗壯的使婦，其他一個人都沒有。

使婦看起來年紀不算大，三十來歲，很彪悍，一身粗布藍衣，走路都是虎虎生威的。

看到她的身形，林楚再低頭看了一眼自己的胳膊，覺得打不贏，所以他老老實實坐在門口的門檻上，看著院子裡的一群雞啄著小蟲，心裡卻是一直在盤算著，怎麼樣才能逃出去？

本來他還覺得，要是軟飯吃得香也能接受，但看到使婦時，他就斷了這樣的心思。

使婦的腰身粗壯，人高馬大，胳膊差不多也有他的大腿粗了，在林楚的理解之中，傳說中的猛將差不多就長這樣。

就算是和劉猛比起來，也就只是小了一號而已，想來也只有真正的壯士才能壓得住。

「秀才，軍師讓我照顧好你，你要吃點什麼？」使婦問道，三角眼中有些凶狠。

林楚點了點頭：「嬸，有水果嗎？」

「水果？這剛入春哪來的水果？真是富家少爺，你以為我們山上和你們大戶人家一樣，家裡能有水果？」

使婦哼了一聲，林楚也不生氣，平靜道：「那燒壺水來吧，有茶沫就更好了，沒有就要杯熱水，熱熱身子。」

「等著！」使婦離開，過去把門給鎖死了。

林楚看著她的身影，吐了口氣，要想逃出去，第一件事就是得把這使婦給弄走，難不成要用美男計？

想到這裡，林楚吐了口氣，搖頭，下不去手，還是想想別的辦法吧。

可惜他的身體太弱了，如果能有一副像是前世那樣的身體，他要跑出去很容易，直接就跑酷上房頂了。

這次回去之後，還是得想辦法鍛煉一下身體，練一練格鬥術。

他以前練的是以色列格鬥術……似乎不頂事，這個年代用的都是刀叉劍戟，還是得打造一把順手的武器。

到天黑的時候，還是沒有人理會林楚，陪著他的只有那群雞。

只不過林楚的心境沉穩，倒也沒有太多的起伏，能晚點成親，那也是好的。早了的話，被蹂躪地就早了，這身子骨或許也挨不過這個春天。

晚上這頓飯並不豐盛，粗米外加一盤青菜，就連油水都少，再就是一小碟熬豬油餘下來的油脂渣。

林楚也沒挑剔，慢慢吃了，之後準備洗漱時，發現也沒牙刷之類的。

這個年代自然不會有這樣的東西，那就想點別的辦法。

他只能用銅盆接了熱水，擦了擦身子，隨後用布做了簡易的牙刷，蘸著粗鹽刷了牙。

躺在床上的時候，月光照著窗欞，紙糊的窗子泛著白光，早春的風吹過，總有些涼。

外面的開門音傳來，林楚想了想，走下床，透過門縫朝外看了一眼。

那名粗壯的使婦打開了門，軍師進來，兩人在門口嘀咕半天。

因為離得遠也聽不清兩人在說什麼，但林楚也沒離開，一直在那兒站著。

「劉嬸，這個秀才表現如何？」軍師問道。

使婦扭頭看了一眼林楚的房門，輕輕道：「軍師，很奇怪的一個人，不吵不鬧，很安靜，但到底是大戶人家的，很講究。」

「還擦了身子，和我要了鹽刷牙，整了整儀容，我覺得這心性不錯，倒是配得上小姐，只是小姐那邊怎麼說？」

「小姐說再考慮一下，我覺得小姐壓根就沒想著要嫁人，之前說是一定要嫁給一名秀才，應當只是推諉之詞。

現在好不容易找到了一名秀才，結果她又在推脫了，說是無論如何，不應當強佔秀才，應當要兩情相悅。

小姐還讓我們把秀才給送下山，強扭的瓜不甜……想一想，小姐都二十歲了，再拖下去，老爺家的香火可能就要斷了。」

軍師嘆了一聲，劉嬸問道：「那就把秀才給放了？」

「再等等，回頭妳再勸勸小姐吧，如果小姐執意如此，那就用林秀才換一些糧食吧，林家可是江南赫赫有名的大戶人家。」

軍師搖了搖頭，劉嬸點頭：「軍師放心，那我再去勸勸小姐。」

「那就辛苦劉嬸了。」軍師應了一聲。

劉嬸鎖了門，兩人離開。

林楚看到這裡，心裡動了動，這倒是個機會，只不過這裡是古代，也不知道有沒有那種高來低去的高手。

萬一有人的耳力驚人，他這種手無縛雞之力的書生，要逃走也難。

而且要想逃走，靠雙腿跑不遠，必須得弄一匹馬……

想到這裡的時候，他沒動彈，回屋躺下。

以軍師的那些心思，他初來乍到，不可能一個人也不留就走了，所以他現在走應當是走不成的，還需要一點時間來麻痹對方。

更何況這可是在山寨之中，到處都是山賊，他就算是要下山機會也不大。

林楚什麼也沒做，就那樣躺下睡了。

粗布被子雖說有點硌人，但保暖，這兒的環境差了些，但睡起來一樣自在。

這一世的林楚，身子骨有些弱，早就有些疲憊不堪，但他的心性卻是堅毅，從前那種看淡生死，不服就幹的性子讓他能夠坦然面對一切。

劉嬸回來時，偷偷看了林楚一眼，發現他連門都沒栓，睡得正酣。

她一怔，接著搖頭，這個秀才能有這樣的膽氣，她反而更加欣賞了。

山上的清晨有點冷，林楚起身時，在院子裡活動了一番，想了想，大大方方過去拉門。

門沒上鎖，林楚走出去，一側兩名漢子走了過來，林楚笑咪咪道：「兩位請放心，我不下山，就想在四周逛逛，你們不放心的話就跟著我吧。」

兩人互相看了一眼，一聲沒吭，跟著林楚到處逛。

山間真大，這裡是在半山腰的位置，林楚也沒往山下走，就是在後山轉悠，這兒的房子不少，遠處也是連綿起伏的山。

林楚站在懸崖邊上，看著下方，陽光不錯，下方似乎有一條大河，這個高度差不多有兩百米了，真高。

風挺烈，空氣真好，林楚卻是想起了跳傘。

每一個玩跳傘的人心裡，都有這樣一塊適合跳躍的地方，他是真想跳下去，那是因為習慣了。

只可惜，他沒有跳傘，這一跳就只有死路一條了。

身後傳來一陣的腳步音，一名山賊走了過來，看了林楚一眼道：「秀才，二當家要見你。」

「二當家？」林楚揚了揚眉，心中一緊，頓時提高了警惕。

林楚沒有任何反抗心思，老老實實跟著向前走著，很配合。

一路回到了小院之中，剛進院子，幾名山賊沒跟著進去，退出去，把門給關了。

院子裡站著一名和劉嬸差不多壯實的姑娘，年紀不大，二十歲似乎也不到，臉上的皮膚泛著紅，那是陽光曬出來的健康的氣息。

她的身上穿著皮甲，膀大腰圓，腰間掛刀，手上的皮膚很粗，顯然是長期習武之人。

林楚的心中有些七上八下，難不成是這位二當家要劫他的色？就這樣的女壯士，他絕對活不過兩晚。

二當家上下打量了他幾眼，點了點頭。「長得挺清秀啊。」

「小生林楚見過二當家。」林楚老老實實行禮。

二當家笑笑。「秀才，劉嬸說你的膽子很大，現在看起來倒真是不假，你不怕我？」

「不怕！」林楚笑了笑，只是心卻是提了起來。

二當家一怔，伸手握到了刀把上，盯著他道：「為什麼不怕？」

「因為我是來成親的，不是來送死的！」林楚一臉平靜，甚至眼角還帶著笑。

二當家鬆開刀，盯著他，笑了起來，目光總有幾分讓林楚害怕的感覺。

下一刻，她挑了挑眉道：「這麼說，你願意嫁上山了？」

「要說是願意，那肯定是不願意的，只不過我已經被帶上了山，根本就沒有選擇的餘地。」林楚搖了搖頭，一臉惆悵。

他的確是覺得很憋屈，二當家用了「嫁」這個字眼，這對他來說簡直就是羞辱。

別說這是在古代，就算是林楚所處的現代，男人嫁女人也是不光彩的。

不過人在屋簷下，不得不低頭，林楚也不能說太狠的話。

二當家哼了一聲。「算你有點自知之明！這樣吧，我給你一條路，可以放你下山。」

林楚一怔，抬頭看著姑娘，沒說話，這個時候，說得越多就越容易出錯，就等著她的安排就是了，她把話說到這個地步，顯然是有所圖的。

二當家果然沒有讓林楚等，直接說道：「你給你家裡寫封信，讓家裡準備好兩百石糧食，送到我們玉山之前三十里，我們一手交人，一手拿交糧。」

林楚呆了呆，林家這麼有錢？

「怎麼，不願意？」二當家喝了一聲，一臉怒意。

林楚頓時醒了過來，連忙道：「我這就寫，寫還不成嗎？」

他的腦海中同時在翻著這一世林楚的記憶，片刻後，他的心裡感嘆，原來林家還真是很有錢啊。

這一世的林楚是林家獨子，名字恰恰也叫林楚。

林家是躍山城有名的大富商，經營著糧店，還有農具，在整個江南都很有名，甚至放眼整個天下都是有名的巨賈。

林楚的父親林員外叫林青河，世代行商，今年已經四十五歲了，在這個年代可以說是中年得子。

這樣的家庭環境，他自然很疼林楚，好在林楚也算是爭氣，考中了秀才，沒有變成紈絝子弟。

林家之富，這一世的林楚也沒有太多的感覺。

這個人很執拗，竟然不喜錢財，甚至整日說什麼銅臭之物，就是個標準的書呆子。

林楚卻是呆了呆，林家竟然這麼有錢啊，那他就不用奮鬥了，守著這麼大的家業，安穩過一輩子也挺好。

最好再想辦法做出跳傘來，只是這個想法旋即就被他放棄了。

無論如何，跳傘的腈綸是石油提取物，技術或許不難，但牽扯著無比龐大的過程，要造出來是不可能的。

比如說基礎設備就造不出來，更不用說是那許多的配套產業。

那麼其他的東西也就沒必要做了，畢竟家裡有錢，他也沒必要去造什麼香皂之類的賺錢了。

信寫完之後，林楚交給了膀大腰圓的二當家，她二話沒說，直接離開。

林楚也不著急，坐在屋子裡喝茶，本來他還想附庸風雅，在屋外竹林前喝，但身子弱，外面還是有點冷，他有點受不住。

茶葉真的只有沫子，很散，味道也大，並不好喝，所以林楚就只是喝著熱水。

這兒的水倒是很好喝，有一種天然的甜，回味無窮。

早春的寒融入了風中，天氣卻是不錯。

二當家把信交給了軍師，軍師看了看，沒發現什麼問題，讚了一聲：「不愧是秀才，這一手字真是漂亮，而且這種字體，從未見過，真是厲害。」

「軍師，還是讓人去送信吧，字再好也不能上戰場殺敵，那麼現在就讓人去送信？」二當家擺了擺手。

軍師笑笑，搖頭。「再等等，我還是希望大當家能改變主意，像是秀才這樣的人可不多了啊，再找一個會很難的。」

「也好，那就再等等，過了幾天再說，回頭我勸勸姐姐。」二當家點頭。

軍師拱了拱手，轉身離開。

林楚慢慢走出了宅子，一側傳來整齊如一的聲音，似乎是在練兵。

他扭頭看了一眼，想了想，抬腳走了過去。

一側的一片平地上，大約有五百人，正在練兵，這些人都身著鐵甲，只不過有一半人身上的鐵甲有些破爛。

林楚站在遠處，目生異樣，這些人的動作相當剛猛，鐵血硬朗，總感覺有股子煞氣撲面而來。

這些人當真是不簡單，一定不會是普通的山賊。

腳步音響起，林楚扭頭看了一眼，軍師走了過來，看了他一眼，笑咪咪道：「秀才，你覺得怎麼樣？」

「鐵血之師，個個都是以一擋百的好手。」林楚點了點頭，很溫和，人在屋簷下，還是要和善一些。

軍師笑笑。「眼光不錯，秀才，你覺得這戰陣怎麼樣？」

「看這樣子應當是八卦陣吧？軍師，玉山人少，其實並不適合這樣的戰陣，這是武侯傳下來的戰陣，需要的士兵人數太多了，而且需要頂尖的主將坐鎮。」林楚輕輕道。

他對這個時代還不是太熟悉，這一世的林楚，不讀兵書，讀的多是策論之類的，所以是真不瞭解兵法。

但前一世，林楚可是一個軍事迷，對於古代陣法有一定的瞭解。

八卦陣赫赫有名，但對於主將的要求太高，這並非是武力要求，而是軍事能力的要求。

在諸葛亮之後就沒有人使用了，因為沒有那麼優秀的主將了。

軍師一怔，看了他一眼，目生異樣。「那麼依著秀才的意思應當有什麼陣法？」

「五百名士兵，但卻個個精勇彪悍，應當用偃月陣比較好。」林楚輕輕道。

軍師看了他一眼，雙手攏在袖子裡，笑咪咪道：「偃月陣？何為偃月陣？」

沒聽說？林楚心裡頓時有點明白了。

「軍師，就是一種不對稱的軍陣，全軍呈弧形配置，形如彎月，大將位於月牙內凹的底部。

注重攻擊側翼，以厚實的月輪抵擋敵軍，月牙內凹處看似薄弱，卻包藏凶險，適合兵強將勇者，也特別適用於一些野外地形。」

林楚解釋了一下，接著用樹枝在地上畫著，解釋了一番偃月陣。

傳說中這可是宋武帝劉裕創立的戰陣，以兩千名步兵殺敗了三萬名精銳鐵騎。

軍師低頭看了幾眼，心中凜然，他看了林楚一眼，認真道：「多謝秀才，這偃月陣，以前我從未見過，但的確是很厲害，是你創造的？」

「不是，從古書上看來的。」林楚笑笑，轉身而去，心裡卻是跳了跳。

軍師也轉身離開，一路來到一處大院之中，膀大腰圓的二當家正在院子裡練刀。

刀很重，舞起來蕩起了烈烈風聲。

別看她長得壯實，但卻是身輕如燕，騰挪之間，動作相當瀟灑，絕對是真正的猛將。

「軍師？」二當家收刀而立，臉上不見汗珠，很輕鬆。

軍師點了點頭，輕輕道：「二當家，你一定要勸勸大當家，這個秀才，相當不簡單，他剛才提供了一種新的軍陣。

這種軍陣從前絕對沒有任何記載，我確定應當是他創造出來的，名字叫『偃月陣』，我仔細盤算過，特別適合我們的人。

他還兼修了兵法，真是太厲害了！如果他能留下來，我相信對我們的整體實力提升是有大好處的。」

「偃月陣？」二當家怔了怔。

軍師解釋了一番，二當家的眼睛一亮。「的確厲害，很適合我們，我們人數太少，但卻是兵精將猛，再加上我們配合已久……

如果我是壓陣大將，劉猛為副，對於軍陣的掌控會更強一些，這個秀才真是

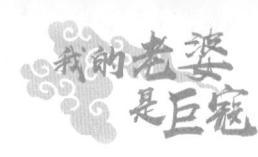

不簡單。好，我這就去和姐姐說一聲。」

「這樣的人如果能真正加入我們，那麼我們回去的路就會順利很多，流落異鄉的滋味並不好受。」

軍師輕輕道，二當家搖了搖頭。

「姐姐的脾氣素來堅硬，我再去勸勸吧，你也別抱有太多的指望；對了，如果姐姐不願接受的話，要不要……」

邊說她邊揮了揮手中的刀，一臉兇悍。

「二當家，不可！」軍師連忙道，接著話鋒一轉：「這樣的人就算是不能加入我們，那也要儘量成為朋友。

更何況偃月陣是他提供的，有了此陣，我們的戰鬥力將提升數倍，五百眾足以面對上萬人了，這就是大恩。」

說到這裡，軍師的心中一動，看了二當家一眼，低聲道：「二當家，若是大當家不肯，不如妳與秀才成親？」

「我？」二當家一怔，接著瞪了軍師一眼。「軍師，我喜歡的是猛將，可不喜歡讀書人，這秀才雖說不錯，但卻是手無縛雞之力，不要！」

軍師笑笑。「二當家，他雖無勇力，但卻長於兵法，在戰場上的作用恐怕還在絕世猛將之上呢。」

「不行！我這就去找姐姐！」二當家哼了一聲，轉身就走。

軍師看著她的背影，嘆了一聲，喃喃道：「可惜了。」

林楚坐在院子裡看著樹陰中的一群雞在吃著蟲子，山風吹過，就算是正午也有些涼。

他渾然不知剛剛逃過了一劫，差一點就要「嫁」給膀大腰圓的二當家了。

下午的時候，外面傳來一陣陣的笑聲，那些山賊們應當是練兵結束了。

有人吹笛，有人扯著嗓子唱歌，唱的是什麼林楚也聽不懂，不知是哪兒的方言。

「小武，你認字，一會兒幫我們寫封信吧，我要給家裡送一封家書。」

「我認的字也不多，就只能寫幾個簡單的字，而且寫得也不好看，不如讓軍師來寫吧？」

「軍師那麼忙，哪裡有時間幫我們寫信啊？」

小武二十多歲，人精瘦，但看起來卻是很彪悍，身後背著一把槍。

林楚走了出來，目光落在小武的身上，接著揚聲道：「我來幫你們寫吧。」

劉猛扭頭看來，咧著嘴笑了笑。「秀才，聽軍師說，偃月陣是你創造的？晚上我請你吃酒，殺上一隻雞，這事必須得謝謝你！」

剛才練兵時，劉猛也在，而且位置很重要，顯然是這裡真正的核心。

小武從一側湊了過來，有些靦腆道：「秀才，你也幫我寫封信吧，向家裡報個平安，就說我很好，能吃能睡。」

「好，沒有問題。」林楚點頭，接過紙，用毛筆蘸了墨，直接寫了起來。

這一世他是秀才，熟讀經書，識文斷字，再加上前一世林楚是真正的書法愛好者，各種字體都練過，寫字自然沒有任何問題。

前一世的學生時代，大多數的學生興趣班都很多，練字、練琴、美術之類的，可以說是樣樣精通。

小武的家人應當也是不識字的，所以林楚用的都是最直白的文字，力求讓對方找的讀信人能一眼就看明白。

為十幾個人寫了信，後面還有人在排隊，林楚也不覺得耐煩，慢慢寫著，字字如龍。

寫了大約七八十封信，已經是黃昏了，有人大聲道：「謝謝秀才了！」

林楚心中一鬆，和這些人處好關係，至少能讓他在山上好過一些，這也算是一種交換吧，他在前一世經歷得多了。

晚飯果然豐盛了起來，一整隻雞擺在林楚的面前，燉成了湯，一大盆，香氣撲鼻。

劉猛樂呵呵道：「秀才，這只雞都是你的，誰也不能搶……小武，為秀才倒酒。」

「我身子弱，不能飲酒，還有這雞，我吃一條腿就夠了，餘下來的，大家分一分吧。」

林楚應了一聲，吃獨食會被人嫌棄的，這個道理他懂。

他撕下一條雞腿，又將鍋推到了前面，所有人的表情一鬆，劉猛大笑了起來。「小武，為秀才盛碗湯，酒不喝就算了。」

小武盛了雞湯，挺大的一碗。

吃上雞腿，喝了雞湯的時候，林楚的胃總算是舒服了一些，他這金貴的身子，的確是吃不慣粗茶淡飯。

幾人喝了酒，越喝越熱鬧。

據林楚觀察下來，這些人也不是天天都喝酒的，紀律嚴明，今天應當是特例。

「秀才，你能教我認字嗎？」小武看著林楚，很認真地問道。

林楚點頭。「好啊，明天你有空來找我就是了。」

小武還要練兵，也不是一整天都有時間。

聽到林楚的話，他大喜，認真道：「先生，明日我會正式拜師的！」

林楚看了他一眼，沒說什麼，心中卻是有些異樣。

正式拜師的意思很明顯，在古代，他此生就不可能再背叛了，如果他對林楚動手，那就是被世俗所不容。

林楚心中大喜，這樣的話，相信他在這裡總是會更加安全一些。

而且之前二當家還讓他給林家寫了信，顯然是打算把他交換回去，所以目前來說，他在山寨中不會遇到安全問題。

再就是偃月陣的問題，他提供給軍師，那就證明他對山寨有用，也算是幫了他們一把，這樣一來，他們總是得念著這點香火情。

所以他的心定了，不再那麼忐忑，這一次應當就算是過關了，不用和那樣的女壯士成親了。

散席時，林楚的目光掃過每一名山賊的臉，沒有人喝多，每個人都很克制，這讓林楚的心中讚嘆了一聲，這絕對不是普通的山賊，一定是真正的強兵。

小武甚至都沒喝酒，也沒有人勸他，他相當自律。

那麼他們到底是從哪兒來的？這樣的強兵怎麼就會成為了流寇？

天還未亮，公雞的打鳴聲持續響起，林楚被吵醒，還是用簡易的牙刷蘸著鹽刷了牙。

裹了裹身上的袍子，這兒真涼。

院子裡的那位劉嬸在一側喂雞、拾雞蛋，看到林楚時，她的臉上多了幾分笑意，不過人長得過於彪悍，就算是笑起來也很嚇人。

好在林楚已經適應了，也跟著笑了笑。

「秀才，一會兒給你煮十個雞蛋！」劉嬸輕輕道。

林楚搖頭。「謝謝劉嬸了，不過兩個就夠了，餘下來的給當家的吃吧。」

「懂事！」劉嬸點了點頭。

林楚笑笑，沒說話，其實是他的身子弱，明明從小錦衣玉食的，為什麼身子會這麼弱？他百思不得其解。

回頭一定好好調理，這主要還是靠鍛煉的，回去之後一定得制訂一些方法來鍛煉身體。

外面遙遙傳來練兵的聲音，林楚走了出去，再次來到那處平地前，軍陣果然變了，變成了偃月陣。

凹面處，劉猛和二當家坐鎮，小武在兩人的身側，軍陣遊動，氣勢不弱。

林楚看了一會兒，回身。

在山寨中逛了逛，不得不說，玉山的風景是真好，而且易守難攻，大片的麥田連綿著，泛著綠意。

到了下午時，練兵結束。

林楚坐在門檻上，雙手攏在袖子裡，看著一隻隻的雞走來走去。

小武走了進來，換了一身衣服，灰色的袍子，弄得乾乾淨淨，一路走到他的面前，跪下，行了個大禮。「小武見過先生！」

「起來吧，進來。」林楚起身，轉身進了屋子。

小武跟了進來，林楚拿出一遝紙，這是他下午寫的字，一張紙有十個字，五十張紙，一共有五百個字。

「這些字你拿回去做成冊子，每天照著練一練，要是我離開山寨了，以後也會讓人給你送新的字過來。」林楚輕輕道，接著話鋒一轉：「我這就教你認字，這些都是最簡單的字，學會這五百字，日常寫信足夠用了，你一定認真記下。」

「是，先生放心！」小武行了一禮，很認真。

第二章

贖人

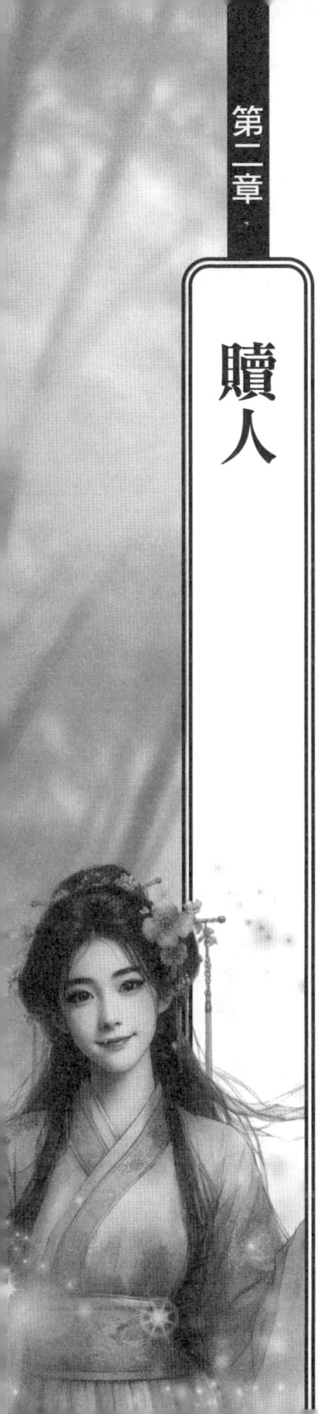

小武學得認真，他之前也認識幾個字，基礎還是有一些的。

夜色昏沉時，林楚打了個哈欠，的確是有些困了，說到底，這身子就是有點弱。

小武行了一禮。「先生，今天就到這裡吧，我已經認了一百個字了，不打擾先生休息了。」

「的確是有些累了。」林楚點頭。

睡下的時候，外面有雨聲。

醒來的時候，雨停了，春寒卻是有些烈了。

小武走了進來，手裡端著一碗肉，笑咪咪道：「先生，我一早在山間打了一隻山兔，烤熟了，還是熱的，你趕緊吃吧。」

「小武，你以前是怎麼認識字的？」林楚看了他一眼，一邊問，一邊接過了碗。

碗中的肉很香，他聞了一口，有點流口水的感覺。

小武應了一聲：「先生，我爹是讀書人，我娘也是大家閨秀，也是識字的，只是我不喜讀書，自小就喜舞刀弄槍……」

「知道了，你先去練兵吧，晚一點繼續教你認字。」林楚拍了拍他的胳膊。

小武轉身離開，林楚看著他的背影，這也是一個可憐人。

年幼時不喜讀書，長大了卻是發現讀書的重要性。

山兔的肉真香，燉得也嫩，林楚吃了一整碗，渾身暖烘烘的。

林楚收拾妥當，想了想，主動去見了軍師。

軍師站在平地上，看著練兵，時不時調整一下軍陣。

「秀才，偃月陣的確是厲害，這一次是我們承了你的情。」軍師讚了一聲，笑咪咪的。

林楚拱了拱手。「軍師，之前我給家裡寫了信，那麼我大約什麼時候能回去？」

「想回去了？」軍師反問道。

林楚笑笑。「我的身子弱，回家要吃點好的才能養起來，在山上久了，恐怕是要生病的。」

「那好，一會兒我和大當家商量一下再說。」軍師點了點頭，並沒有生氣。

這讓林楚鬆了一口氣，回到院子時，他依舊不著急，不緊不慢的。

只是他總覺得心中少了點什麼，就好像身體有什麼需求似的，可是他也吃飽了，不餓不渴，真是有點奇怪。

這一等軍師就等了三天，三天之中，小武每天都會過來學認字，一天認一百字，林楚也不多教。

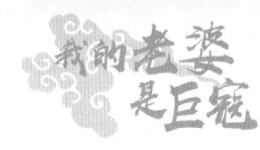

多了小武也記不住，就算是這樣，他一天能記住一半字也就算是不錯了。

夜色籠著，星光卻是不錯，林楚坐在桌子旁，這段時間，他的身體倒是變得強壯了幾分，雖說一開始總想吃點什麼，還很強烈，但過了這幾天倒也壓住了。

門被推開，軍師走了進來，笑著說道：「秀才，我和大當家商量過了，兩天後你應當就可以回去了。」

「多謝軍師！」林楚行了一禮。

軍師點了點頭。「不過這偃月陣……」

「放心吧，偃月陣的事，我只傳一次，以後我就算是入朝當了官，那也不會去打仗的，沒有機會練兵。」林楚一本正經道。

實際上他連官都不想當，對於他來說，當個衣食無憂的商二代就挺好。

軍師滿意地笑了笑，轉身離去。

走出院子，二當家在一側的平地上練刀，軍師走了過去，輕輕道：「二當家，這秀才真是一個人才啊。

如果他能留下，起到的作用應當比我是要大的，以後他可以擔任軍師，大當家真不考慮一下嗎？」

「姐姐說了，以後不要做這種事情了，姐姐是最聰明的人了，她不想做的事情，別人強迫不得，就把秀才送回去吧。」

二當家搖了搖頭，軍師晃了晃頭。

「可惜了！這秀才不僅寫的一手好字，還懂排兵佈陣，而且絕對不僅僅只有偃月陣啊。

更何況他還是商賈之家，行商手段也是有的，這對於我們來說也是最重要的，如果能有林家的糧食支撐，我們要回去故都並不難，最多半年時間就夠了。」

「姐姐說了，不回故都她不成親，很堅定，再等等吧，我們總有殺回去的時候。」

二當家搖頭，軍師不再說話，轉身離開。

林楚的房中，劉嬸推開門，悄悄看了一眼，他睡得正酣。

知道要回去的消息，他也沒有多少的興奮，這樣的心性，讓劉嬸也佩服了起來，暗自嘀咕著：「真是可惜了，小姐要是和他成親就好了。」

小武在第二天晚上過來時，林楚教會了他最後一百個字，接著輕輕道：「小武，後天我就要離開山寨了。

明天晚上你過來，我帶著你把所有的字溫習一遍，以後你若是還有記不住的字，那就來躍山城找我吧。」

說到這裡，他從懷中取出一塊玉佩遞到了他的手裡。

「你拿著，去林府的時候就不會有人攔你了，你就說是我的朋友。」林楚輕輕道。

小武點了點頭。「多謝先生！」

第二天晚上小武過來時，他不認識的字真不少，林楚帶著他溫習的時候，差不多有一半，經過這次溫習，他倒是把所有字都記住了，但能記多久就不好說了。

「先生，我會永遠記著你，也永遠是先生的學生！」小武輕輕道，接著從腰間取出一塊玉佩，遞給了他。

玉佩不算小，邊緣處有著赤紅，看起來就不便宜，他輕輕道：「先生，這方玉佩是我家傳的，請先生收好，就算是我們交換了信物。」

林楚正要說話，小武扭頭看向一側，林楚跟著看了過去，同時收起了玉佩。既然是交換，那就沒必要客氣。

牆頭處，一道身影閃過，在黑暗中看不真切，但下一刻，那道身影站在了林楚的身前，他嚇了一跳，這是高手啊。

「俠客！」小武抱了抱拳。

這是一名中年男子，穿著青色長衫，腰間掛劍，頭髮有些亂，生得倒是瀟灑，就是有點不修邊幅。

俠客點了點頭，看著林楚道：「一會兒我要去林家送信，明日你就可以回去了，你還有什麼要告訴你爹娘的嗎？」

「信還沒送出去？」林楚怔了怔。

俠客搖頭。「以我的腳力，不用兩個時辰就夠了。」

「那好，我這就寫信。」林楚連忙道。

小武幫著他鋪好紙，林楚想了想，提筆寫信，他想了想，似乎有很多話要寫，但最終就寫了幾個字：「爹、娘，我很好，你們不必擔心，我們很快就要相見了，勿念！」

落了款，將信折好，交給了俠客，俠客點了點頭。「那我這就去了。」

說完，他的身形飄了飄，直接消失在眼前，林楚的心中一頓，原來這個世界還真是有高手啊。

躍山城，林家。

宅子占地很廣，連綿數百畝，入門的那道影壁很寬，石頭所製，上面刻著祥雲圖案，就在躍山城的主城區。

影壁之後，荷池極大，內裡遊動著錦鯉，荷池中有亭，連成了路，一側小橋流水，風景絕佳。

林青河白胖白胖的，穿著一身錦袍，戴著帽子，坐在屋子的床榻上，身邊一名美婦趴在他的懷中哭著，一邊擦著眼淚。

紅燭燃著，不斷跳躍著，屋子裡一片光明。

「夫人吶，妳都哭了數日了，我已經讓家丁去尋人了，這次的家丁之中不乏江湖中的高手，肯定能找到楚兒的線索。」

林青河安撫道，美婦抬頭，眼睛都哭紅了，伸手擰著他的耳朵道：「林青河，你是不是巴不得楚兒出事？

要是楚兒出事了，你就可以納妾生子了是吧？我告訴你，要是楚兒出了事，我也不活了，以後你再想得到我家裡的助力也不可能了。」

「夫人！我是那種人嗎？楚兒是林家獨子，我再怎麼樣也不會不管他的，而且我並沒有納妾之心吶！

能娶到夫人這般的大家閨秀，我已經十分滿足了，這輩子，我只愛夫人一人，我是絕對不會納妾的！」

林青河一臉認真，恰恰在這時，敲門音響起，外面站著一名家丁，一邊拍門他一邊急促道：「老爺、夫人，有少爺的消息了！」

林青河和林夫人頓時跳了起來，急忙跑過去打開了門。

迎上家丁時，家丁站在門口興奮道：「信……老爺，信……」

林青河接過信看了幾眼，遞給了林夫人，大聲道：「讓人備糧，兩百石，快去！」

林夫人看了看信，大喜。

「原來是玉山賊幹的好事，老爺，賊寇竟然堂皇進入了我們林府，我們養的護院有何用啊！」

林夫人咬著細牙，那張臉上透著幾分的怒意。

「夫人放心，明日我就招募江湖人士，增強家中的保護力量。」林青河認真道。

俠客從一側走了過來，腰間掛劍，對著林青河拱了拱手：「林員外，我來自玉山，明日我會與員外同行，希望員外不要節外生枝。」

「放心吧，我兒的命遠遠勝過兩百石糧食！」林青河哼了一聲。

林夫人盯著他道：「楚兒在玉山還好吧？你們沒有為難他吧？」

「夫人放心，秀才一切都很好。」俠客點頭，很瀟灑，接著轉身就走。

院子裡，兩側站著十幾名健碩的漢子，目光閃動，看起來武藝不凡。

兩百石糧食對於林家來說，那是九牛一毛，林青河自然沒有放在心上。

第二天的初晨，天濛濛亮，林家就帶人運著糧食出發了，牛車拉著糧，一共二十輛大車，護送的隊伍多達百人。

隨在隊伍中的還有兩輛馬車，前一輛車上坐著的自然是林青河和林夫人。

俠客跟隨，騎在健馬之上，無喜無悲，並不像是山賊，還真是像極了一名俠客。

玉山賊就是指在玉山上的草寇，在方圓百里之內的口碑相當不錯，也不侵犯百姓，這些年綁的人並不多，也從不撕票。

而且綁的也多數是一些魚肉百姓的富商，與尋常的百姓並無關係。

這也是林青河和林夫人沒有過於恐慌的原由，如果換成是其他的流寇，那麼兩人不免就要著急了。

躍山城離開玉山一百里，但交易的地方卻是位於玉山之外三十里，林員外一行人走了足足兩個時辰。

從早上五點一直走到了上午九點，此時太陽當空懸著。

林楚已經下山了，騎在馬上，目光很平靜，劉猛率隊，身邊跟了近百人，小武也隨在他的身邊，馬側掛著不少東西。

他的心裡覺得有些好笑，糊里糊塗被人給綁了，就要成為壓寨相公了，結果幾天後就被放了，自始至終他都沒有見到過那位大當家。

不過能壓服劉猛和二當家那樣的猛人，成為大當家，想來一定是很了不起的，所以不見就不見吧。

運糧隊遠遠過來，停下來時，林青河和林夫人同時下了馬車，看到林楚時，林夫人大聲喊道：「楚兒！」

林楚抬頭看了一眼，看到中年美婦時怔了怔，接著扭頭看了劉猛一眼。

「秀才，委屈你了，你可以回去了。」

林楚翻身下馬，一路疾走到了林夫人的身前。

林夫人一把拉住了他，上了後面一輛空著的馬車上，抱著他嚎啕大哭。

「我兒，委屈你了！你有沒有受傷啊？讓娘看看。」林夫人哭了半天，這才拉著林楚的手，問他的身體情況。

車外，林青河和劉猛交涉一番，分了十幾名護衛繼續護送牛車，把糧食運到玉山再折返，他則是先行一步。

林楚拉著林夫人的手，心中一片異樣。

這樣的母親，讓他心有溫暖。

外面傳來小武的聲音：「先生，後會有期！還有，你的東西。」

林楚掀開簾子，探頭朝外看了一眼，小武追了過來，對著他揮手，一側的馬上掛著送給他的東西：七八隻雞、兩隻肥兔，還有一整隻的鹿。

林青河安排人將東西接了過去，放在馬車上。

「後會有期！」林楚點了點頭，對著他揮了揮手。

俠客在一側也看了他一眼，點了點頭。

林夫人怔了怔，心中有些異樣，這樣的情況真不像是被人給綁架了，反而就像是出門訪友似的，否則人家又是過來送他，還送了這麼多禮物。

看著馬車離開，一行山寇也有點不捨，一個個不斷揮著手。

「這秀才，真是厲害啊！」劉猛讚嘆了一聲，接著扭頭看向小武。「小武，怎麼樣，學了多少字？能寫信了嗎？」

小武想了想，點頭道：「差不多了，不過只能寫那些簡單的，複雜一些的就不行，我還得接著學。」

「差不多就行了，以後你就幫著大家寫信吧。」劉猛應道。

小武沒吱聲，想了一會兒，這才點了點頭。

俠客伸手拍了拍小武的胳膊，輕輕道：「秀才這人的確是不錯，如果能留在山上就好了，可惜了……」

「的確是可惜，否則他就是下一任的軍師了。」

劉猛也點了點頭，接著咧著嘴笑。

「走吧，我們回去了，有了這批糧食，足夠支撐一段時間的。」

回程時腳程輕快了許多，到林家時是下午，天色依舊明亮，偌大的院子裡明晃晃的，荷池之中的荷葉微微抽出了嫩芽。

林青河坐在客廳裡，嘆了口氣：「這一趟真是有點累了，楚兒，你回來就好，你娘可是哭了兩天了。」

「爹、娘，讓你們牽掛了，是孩兒的不是。」林楚起身行了一禮，心中越發有幾分的感動，這才是真正的一家人。

林青河一怔，從前林楚可沒有這麼懂事乖巧，似乎被綁架之後，一下子變得成熟了，這讓他哈哈大笑起來。

「楚兒，你這是因禍得福啊，從前可沒有這麼多話，我很開心，這兒有點銀票你拿著，平時多出去逛逛。」

「多謝爹，我還真是缺錢了。」林楚笑笑，心安理得地收下。

林青河和林夫人笑得更開心了；從前的時候，林楚幾乎不要他們給的銀子，總是覺得充滿了銅臭味。

明明是商賈之家，卻是有這麼奇怪的想法，林楚一時也想不明白。

隱約間，他似乎記起來，小的時候家裡請了一位老師，還是位名師，教了他不少道理，把他給教壞了。

這銀子可是真香，哪來的臭味？

林楚起身行了一禮。「爹、娘，我先回屋了，一身是泥，總得洗洗。」

「楚兒，你身邊也沒個使喚丫鬟，行事不便，不如把春蘭派給你？」林夫人問道。

林楚搖頭。「娘，不用了，我自己的丫鬟，我想自己去挑。」

「我兒總算是開竅了，好，你想自己去挑就好！不管你挑多少，爹都支持你，爹在你這個年紀，可是都已經成親了呢！」

林青河大聲笑著，林楚轉身就走，心裡卻是有點躁。

這樣的老子真是有點意思。

不過家裡的丫鬟就沒有一個長相好看的，以林楚的心思來判斷，那應當是他娘在防著他爹。

依著記憶，林楚回到了他所住的獨院，他的前身是一個很奇怪的人，身邊一個丫鬟都沒有。

他明明出身於商賈之家，卻是從小喜歡讀書，說是身邊有丫鬟會分散他的精力，這樣的人能考中秀才，似乎也能理解了。

林青河和林夫人之前也勸了他很多次，但他都拒絕了。

回了院子，林楚找了一位老媽子燒了熱水，洗了個澡。

他的獨院中竟然有一個極大的浴池，用白玉砌起來的，有點像是後世的浴缸，設計很討巧，顯然花了不少的心思。

身體泡入水中的時候，那種溫潤感真是舒服極了，這就是有錢帶來的好處。

按了按腦後，林楚把頭發給洗了，只不過家裡沒有香皂，只能用那種皂角。

林楚本來並不想做香皂，畢竟家裡有錢，也不需要他去想辦法賺錢，現在看起來，不做還是不行的。

腦後的血塊已經脫落，輕輕觸碰的時候已經不是那麼疼了，不過用力按壓著還是疼。

這身體的恢復力還算是不錯，林楚來回洗了好幾遍才起身出來。擦淨身體，他換了身衣服，這種古式袍子穿起來有點複雜。

他的身子的確是有些弱，很瘦，個頭也不算是太高，一米七三左右，這在這個年代也不算太矮了。

只不過林楚從前可是玩跳傘的，所以接受不了這樣的身體狀況，回房之後想了想，還是得鍛煉。

在書房中寫了接下來的規劃，林楚不斷調整。寫毛筆字總是有些慢，他想了想，準備明天去街上逛逛，看看有沒有賣炭筆的，或者是改良的硬筆。

晚間時分，林夫人的丫鬟來喚林楚吃晚飯。

這一桌飯十分豐盛，足見林家之富足。

只是林楚也不知道這是什麼時代，也不知道當下天下是不是都很富足，一切只能等到去街上看看了。

林家的廚子也好，竟然還有熊掌這樣的菜，燉得酥爛，滿口生香。

這實在是太奢侈了，林楚瞇著眼，有這條件，誰還上山當山賊？

林夫人拼命為林楚夾著菜。「楚兒，你多吃一點，身體還是太瘦弱了。」

「娘，我吃飽了。」林楚笑笑。

林青河打量了他幾眼，一臉自豪。「此次被綁，我兒真是鎮定，看起來真是長大了。」

「爹，再不長大，總覺得對不起爹娘。」林楚的聲音有些微微的哽咽。

他不免又想起了前一世的父母，玩跳傘，其實最擔心的就是他們吧，只可惜，他醒悟得有些晚了。

林青河和林夫人對視一眼，眸子裡盡是歡喜，這樣的轉變，總是好事。

夜色下，春天的風有些柔，偶爾有著蟲鳴音，很安寧。

林楚坐在獨院的書房中，翻了翻書，看了足足一個時辰，這才大致瞭解了一下這裡的歷史。

周國，西晉之後建立的獨立王朝，沒有出現東晉，歷史似乎拐了一個彎，周國建朝已經百年了。

這百年之中，周國還辦了科舉，這是改變天下的大事。

想到這裡時，林楚的心中動了動，今天他還看到家中護衛騎馬沒有馬鞍。

之前他就覺得奇怪，山賊的馬上也沒有馬鞍，這說明馬鞍還沒有被發明出來，這麼說的話，騎兵們騎射的本事都不算強。

香皂還是得做出來，總得自己用，最好加入一點花香，只是這個季節無花，那麼只能去買一些桂花了。

躍山城的一些鋪子還存著桂花，用來做一些點心之類的，所以還有一定的存貨。

嘆了口氣，林楚點了點林青河給他的銀票，一共十張，每張都是一千兩，共計一萬兩。

他不免有點咂舌，林家真是有錢啊，躍山城地處江南，一家普通百姓一年的花費在二十兩銀子左右。

所以這一萬兩算得上是鉅款了，江南雖富，卻也沒有富到這個地步，足見林家之富庶。

林楚覺得很幸運，畢竟他穿越來的地方對了，一出生就是在巨賈之家。

哪怕什麼也不做，他也可以當一個富家翁了。

林楚睡下時是在亥時初刻，也就是晚上九點出頭，算是很早了。

第二天他起得也早，算算時間，差不多是早上五點多，只不過宅子裡已經熱鬧起來了。

丫鬟們洗漱，廚房裡生火做飯。

林楚在獨院之中跑了十圈，一圈差不多五百公尺，跑了五千公尺停下，一身是汗，喘得如狗，當真是極累，走路都有點打飄。

但他還是沒放棄，回屋後讓老媽子燒水，他則是做伏地挺身。

做了兩個伏地挺身之後，林楚再也做不動了，這讓他一臉懊惱，這身體真是太弱了。

不過他也沒放棄，休息了一會兒再來，這一次換成是平板支撐了。

就這樣來來回回，時斷時續，堅持了一個小時，林楚的胳膊也抽筋了，手都抖了，這才去洗澡。

洗澡的時候，他的胳膊酸麻，比平時多花了一刻時間才洗完。

穿衣服時胳膊還在抖著，這個時候他才覺得，還真是應當有個丫鬟，一個人在這種時候真是不太方便。

吃飯的時候，林楚的胳膊還在打著擺，林青河和林夫人一臉緊張地看著他。

「楚兒，你這是怎麼了？」林夫人拉著他的手問道。

林楚搖了搖頭。「娘，不用擔心，就是有點脫力了，剛才我練了練身體。」

林青河和林夫人這才鬆了一口氣，接著林夫人埋怨道：「楚兒何至如此？練力那都是武夫的事情，你是秀才，將來是要做官的，不必如此。

你爹已經在招募江湖高手了，這一次的事情也給我們提了醒，必須要有更厲害的高手來保護你了。」

「爹，不必招人了，江湖中的騙子太多了，不是他們說是高手就是高手的。」林楚搖了搖頭。

林青河笑笑。「楚兒，你可別小看這些江湖人，我們府上的雷橫，那可是一掌斷碑的大高手，我親眼看到他一掌拍斷了石板呢！」

「一掌斷碑？」林楚怔了怔，接著想了想道：「爹，我想見見這個雷橫。」

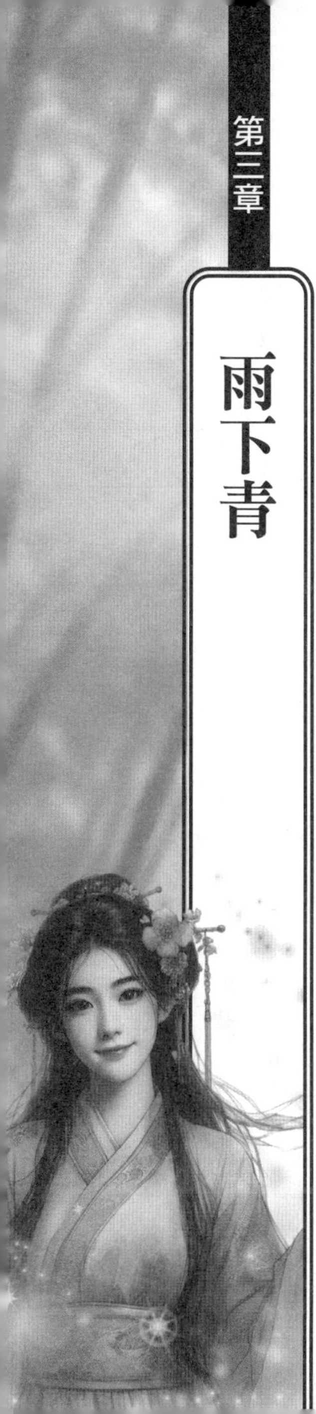

第三章

雨下青

雷橫六十多歲，個頭也不算高，算起來一米七左右，穿著一身灰色的袍子，鬍子有點長，有些花白，看起來挺儒雅，並不像是一名武夫，更像是一名大儒。

林楚看到他這個樣子，微微一笑。「雷橫，聽說你可以一掌斷碑？」

「少爺，那都是江湖人厚愛，其實無非就是莊稼把式，入不了少爺的眼。」

雷橫微微一笑，帶著幾分說不出來的灑脫，一看就是高人。

林楚點了點頭，很平靜道：「我對這個有些興趣，想看看江湖高手的風範，怎麼樣？」

「沒問題，少爺隨我來，我住的院子裡就有石碑。」雷橫點頭。

林楚跟著他離開，一路去了他住的院子。

整個林家的占地極廣，護衛們都住在外院之中，雷橫單獨占了一個小院，很清幽，院子的一角堆放著不少石碑。

說是石碑，其實就是石板，挺厚實的。

林楚仔細觀察了一番，勾了勾嘴角，沒說話，只是轉身看著雷橫。

雷橫從一側取了一塊石板過來，放置在一張木凳上，接著看了林楚一眼，微微笑道：「少爺看看，石碑應當是沒有問題的吧？」

「請開始你的表演。」林楚點了點頭。

雷橫深吸了一口氣，提氣，雙手畫圓，動作越發瀟灑，頗有高人氣度。

林楚心中有點想笑，前一世他聽說過這樣一句話，表面看起來高人氣度越是濃厚，往往都不是高人，這個雷橫有點這種味道。

下一刻，雷橫喝了一聲，手掌舉起，直接拍在了石板的一端。

石板應聲而斷，相當平整，雷橫拱了拱手。「少爺可看清楚了？」

林楚點了點頭，目光掃了一眼他的手，似乎有點泛紅，此時縮進了袖子之中。

他走過去看了看，接著勾了勾嘴角，從一側搬了一塊石板過來。

石板挺沉，感覺上貨真價實，他仔細看了看，放好之後，也喝了一聲，一掌拍下去，石板應聲而斷。

他低頭看了一眼手掌，還沒紅，一點感覺都沒有。

「這膠水不錯，沾得很好，粘性也大，果然是莊稼把式，一掌斷碑，這麼說我也是高手了？」林楚抬頭看了一眼雷橫，微微笑著。

雷橫乾巴巴笑了起來，有點猥瑣，對著林楚拱了拱手，隨後哈著腰道：「少爺，我錯了！我不該騙老爺，可是我還有其他本事。」

「說說看。」林楚看了他一眼，臉有微笑。

雷橫的心中一緊，林楚表現得越是淡然，越是輕鬆，他就越是害怕，這樣的男人才是最可怕的。

想到這裡，他連忙道：「小人會做各種手工，能做筆、做醬、做各種小玩藝，還會口戲……對了，也會打鐵。」

林楚沒說話，心中想著，他能做出這樣的膠水來，的確是有點本事，還能做這麼多東西，這比一掌斷碑可有用多了。

雷橫見林楚沒吱聲，越發緊張了，他直接跪在了林楚的面前，一臉苦哈哈道：「少爺，小人也是沒辦法。

小人家有八十老母要養，但卻無力賺銀子，老爺一直在招人，給得實在是太多了，小人一時被豬油蒙了心！

不過小人還會點輕功，逃跑的功夫很厲害，眼力也不錯，能找出真正的高手，一定對少爺有用，以後小人不要老爺的銀子了，一定為少爺好好做事。」

「起來吧，對於我來說，你還是有用的。」林楚把他扶了起來，接著笑咪咪道：「你真叫雷橫？說實話！」

雷橫尷尬一笑。「小人叫雨下青。」

「雨下青？」林楚一怔，接著點頭：「雨姓可是比較少見，以後你就跟在我身邊吧。」

雨下青一怔，有點為難道：「少爺，小人的武功不高，可能保護不了少爺。」

「那不重要，你不是說你的眼力不錯嗎？以後你可以找幾名高手出來的。」林楚笑咪咪道，不斷打量著雨下青。

雨下青心中一緊，連忙應道：「少爺說得是，只不過高手也不是那麼容易招攬的。」

「你說得對，我爹就是吃了這個大虧。」林楚輕輕道。

雨下青的表情一肅，認真道：「那是老爺宅心仁厚，高手雖然不容易招攬，但江湖中還是有不少講義氣的人，總是能找到合適的。」

「明天跟我出去轉轉……」林楚點頭，接著話鋒一轉：「對了，你會打造武器是吧？給我打一件合適的武器。」

雨下青一怔。「少爺說笑了，這種動手的事情，怎麼也輪不到少爺出手的，少爺並不需要武器的。」

林楚看了他一眼，沒說話，雨下青的心中一緊，認真道：「不過書生配劍，英俊瀟灑，少爺放心，我會為少爺打一把趁手的劍。」

「雨下青，你以前闖蕩過江湖嗎？」林楚問道。

雨下青點了點頭。「在江湖中闖蕩了有三十多年了吧。」

「江湖夜雨十年燈，江湖並不是那麼好玩的吧？」林楚輕輕道。

雨下青一怔，扭頭看了林楚一眼，這話說得有些老氣橫秋，而且這句詩讓人反復咀嚼，應當是頂尖的名句了。

「少爺，江湖越熱鬧，那就說明朝堂越勢弱，所以江湖還在，那對朝堂來說未必是好事，比如說南邊的晉國，江湖的力量就太強橫了。」

雨下青輕輕道，林楚一呆，南邊的晉國？

這天下沒有大一統嗎？

回頭得查證一下這件事情，林家是頂尖的糧商，生意應當不小，行商的人，對天下方方面面的勢力應當都會知道一些。

念想的時候，他扭頭看了雨下青一眼。「你很有見識，朝堂也好，江湖也好，其本質其實都是一樣的。

朝堂無非就是大一些的江湖，也有人情世故，也有不同的派系，能在江湖中混得開，在朝堂之中也不會混得差了。」

「少爺真有見地！」雨下青點頭，心中越發有些警惕。

他來林家的時間不算長，平時和林楚的交際不多，只知道他是讀書人，但在很多人看來，這就是個書呆子，沒想到卻是這麼有見地。

這麼說起來，他平時待在屋子裡，或許是在讀書明智，並非是真正的書呆子。

「好了，你回去吧。」林楚把雨下青打發了，轉身回屋。

回屋的時候，他總覺得身體有點怪怪的，似乎有些莫名其妙的情緒，總是在想著什麼東西似的。

這種感覺在玉山時也有過幾次，後來被他強行壓制住了，這一回家竟然又有這樣的感覺了，著實是有點奇怪。

他皺了皺眉頭，這種不可控的情緒來得莫名其妙，他站在那兒想了想，心中明白，或許這是這一世這具身體的一些渴求吧。

心中的那種念想牽引著他，一路來到了書房，他無意識地轉身，看到了書架的一側。

伸手按了按，這兒竟然還有一個暗門，他一怔，隨後打開看了看。

內裡放著一個瓶子，他取了出來，心中的渴求感更盛了。

瓶子裡裝著的是一些粉末，林楚一怔，低頭聞了聞，這似乎是五石散。

他隱約有些明白過來，怪不得他的身體會有些不適，原來是有些上癮了，這東西的確是容易讓人上癮。

只不過這東西到底不是前一世那些毒品，癮不是那麼大，想戒也就戒了，只要能下定決心就好了，而林楚恰恰不缺決心。

怪不得他的身體這麼弱，原來是因為五石散，這樣的東西，禍害的都是人的血肉。

只是這個東西到底是誰給他的？林楚仔細回憶著，隱約間想起來了，似乎是和一處青樓有關。

林楚在暗格中翻了翻，除了五石散，也沒有別的東西。

青樓？他又想起來了，有個女人叫隱娘的，回頭還是得想辦法見一見，探聽點消息。

吐了口氣，林楚走出去，將手中的瓶子丟進了湖裡。

晚飯的時候，餐桌邊，林青河看著林楚問道：「楚兒，你覺得雷橫如何？」

「爹，還是很不錯的。」林楚微微一笑，接著想了想道：「爹，我們家在躍山城有沒有其它莊子？」

林夫人看了他一眼，有些關心道：「楚兒，你怎麼關心起這些事情了？是不是想要找個清淨的地方準備鄉試？

這也好辦，我們在躍山城有七處莊子，內城有三處，外城有四處，你想去哪兒都成，那裡的管家也都是林家的老人。」

「娘，不僅僅是為了鄉試，我也要做一些其他事情的，內城不合適，外城就比較好。」林楚輕輕道。

他只是想找一個地方做香皂，在府上做顯然是不合適的。

林青河點了點頭。「回頭你自行去看看，想選哪一處都行，我讓家中管家陪著你去……楚兒，你現在沒有丫鬟，也沒有書童，回頭讓管家的兒子擔任你的大管家吧？」

「爹，不用了，我覺得雷橫很合適，以後讓他當我的大管家吧。」林楚笑笑。

林青河一怔。「雷橫同意了？」

「同意了。」林楚點頭。

林夫人拉起他的手，拍了拍，認真道：「楚兒，需要什麼儘管和家裡說，缺錢給錢，缺人給人，放心，你外公可是這羅山城的太守呢，你想做什麼就做什麼。」

林楚的心中一跳，太守？這可是真正的封疆大吏了，怪不得林家在羅山城能走到這一步，原來真是有靠山的。

以後他要是真想當個商二代，那其實還是一條很好的路，雖說商人地位不高，但到了林家這樣的程度，那就不在乎這些了。

想一想，還是當個橫行霸道的二代比較合適，也真是不用奮鬥了。

回屋的時候，林楚依舊做了一會兒平板支撐，現在他總算是慢慢適應了。

第二天的時候，林楚依舊很早就起來了，心中對於五石散的渴求也淡了幾分。

跑了五千公尺，做平板支撐，又練了練引體向上。

他現在一個都拉不上去，只不過他還是堅持著拉了拉，畢竟他才十七歲，只要堅持鍛煉，那麼身體總是會好起來的。

其實他也並沒有練武的興趣，但總得把身體練好，想辦法多活幾年，如果能有點自保之力，那就更好了。

躍山城的街頭，林楚一身白袍，慢慢走著，雨下青跟在他的身邊，一身儒雅，身後跟著三名護衛，個個身強力壯。

「少爺，老爺說以後我就是您的管家了，這應當是您的要求吧？」雨下青問道，有些苦哈哈的樣子。

林楚看了他一眼，笑笑。「怎麼，不願意？」

「怎麼會，少爺看中了我，那就是我的福氣。」雨下青認真道。

林楚點了點頭。「走吧，去買幾個丫鬟，身邊沒個人伺候著，的確是不便的。」

他出來，就是想買個丫鬟，然後找找桂花，看看有沒有硬筆。

躍山城有專門賣丫鬟的市口，其實天下皆是如此，插標賣首的人素來不少。

別說是丫鬟，就連男人也有賣的，老的少的皆有，林楚晃了一圈，心中還是有些不適，這樣的畫面，讓他想起了黑奴時代，不由暗自嘆了一聲。

進入市口時，這兒的丫鬟倒是不少，很多人湊了上來，雨下青卻是喝斥了一聲：「散開些，我家少爺會自己看的。」

人散開，林楚看了看，多數丫鬟都是五大三粗的，看起來很能幹活。

林楚倒也不嫌棄，身體強壯一些也是有優勢的，肯定是能幹活的，所以他準備挑兩個長得順眼一些的，以後幫著洗衣、燒水就行。

一側一名中年男子走了過來，對著林楚行了一禮，滿面堆笑道：「少爺，要想挑更好的，不如跟著小人來？」

林楚一怔，雨下青湊在他的耳邊，低聲道：「少爺，這是牙商，長於打探消息，遊走在市口之中，消息的確是比普通人要多一些。」

「那就走走看吧。」林楚點了點頭，倒也不擔心什麼。

他的外公是太守，那麼在躍山城，就一定可以橫著走了。

牙商帶著林楚走入了一側的巷子，拐了幾個彎，前方出現了一條小路，路邊有十數人頭上插著草，看起來的確是比之前那些人要周正許多。

林楚怔了怔，還沒有問什麼，雨下青低聲道：「少爺，那邊的市口是要收錢的，所以像是這樣的地方在天下各地都不少，大多數是江湖中的宗門控制的。

只是東周……就是周國的江湖宗門勢弱，尤其是在躍山城這樣的大城，為了生存，他們只能在暗中做一些事情。

這些人平素裡並不收錢，只有交易成了的時候，收上十數錢，而那邊的市口不管成與不成，都要每日收三錢，交易成功也是要另行收錢的。」

林楚點頭，目光掃過路邊，目光落在一側。

一名十來歲的女孩張著大眼睛，內有不安，生得算是這些人之中最清秀的。

注意到他的目光，她身後一名男子湊了過來，笑了笑，帶著幾分討好般的神情道：「少爺，只要十兩銀子。」

「你從哪裡來的？」林楚問道，很平靜。

男子行了一禮。「從南邊來的，家中發大水，養不起了。」

林楚看了他一眼，摸出十兩碎銀遞給了他，那名女孩起身跟在了他的身後，四周所有人的目光都亮了。

他的目光掃了掃，心中卻是嘆了一聲，這樣的買賣，真是難以言說，讓人心有悲涼。

思考的當下，他怔了怔，一側一名男子竟然插標賣首。

林楚走了過去，看了他一眼，很年輕，他皺了皺眉頭。「你這又是為什麼？」

「父亡，姐要嫁，家中無錢，願賣身為奴，湊足所需錢財。」男子認真道。

他生得很敦厚，身形高大，皮膚微黑，但卻是有幾分儒雅，看起來像是一名書生，林楚問道：「也是十兩銀子？」

「一百兩！」男子應道。

林楚一怔，四周的人目光中也都浮起幾分的嘲笑，還有人笑了起來，但男子面色不改，他接著說道：「我讀過書，識字，有秀才之能。」

「少爺，似乎沒有騙人。」雨下青湊在他的耳邊低聲道。

林楚摸出一百兩銀子遞給了他，他磕了個頭，認真道：「少爺，我叫張良，且容我回去葬了父親，安頓了姐姐再回來。」

「你去吧……等等，丁三，你陪著他走一次。」林楚扭頭對著一名護衛說道。

護衛應了一聲，跟著張良走了。

張良？這名字當真是有點意思。

躍山城很大，算是江南數一數二的大城，就算是在整個周國也都是屬於名城了。

從雨下青那兒得知，天下的確並不僅僅有周國，共有四國，南晉、西涼、北齊，而周國被稱為東周。

東周居中而治，最是富庶，當今聖上也算是賢明之人，所以東周發展還算是比較順利。

躍山城的鋪子不少，以林家財富，在躍山城糧店極多，還有一些農具店。

因為要買桂花，雨下青帶著林楚進了一家酒樓，這也是躍山城最大的酒樓之一，牌匾上刻著「狀元樓」三個字，白底赤字。

酒樓一共有兩層，林楚走入其中，掌櫃滿臉堆笑地迎了過來。「公子，裡面坐。」

「不用了，我買點桂花，你這兒應當有吧？」林楚搖了搖頭。

掌櫃一怔，有些為難。「公子，我們這邊要做桂花糕，也要用到桂花的，外賣的話似乎不太合適。」

「我家公子是太守大人的外孫。」雨下青向前邁了一步，一臉囂張，倒是破壞了幾分儒雅，總有幾分狗腿子的潛質。

掌櫃再一怔，連忙行禮。「是林員外家的公子？」

在躍山城姓林的不少，但卻只有一位林員外，那就是林青河，躍山城第一富商。

林楚點了點頭，掌櫃連忙道：「老朽失禮，請問公子需要多少桂花？」

「有沒有一千斤？」林楚問道。

掌櫃一呆，接著苦笑道：「小店中一共存了兩千斤貨，本來是要做桂花糕，堅持到八月，等到新桂花生出來時再取用新桂花的。

不過林公子想要，那就勻一千斤出來吧，只是今年想要吃桂花糕的人可就得節斂著一些了。」

林楚也跟著笑了起來，輕輕道：「給我五百斤就行了，我再到其他店買一些就是了，等到了八月，我也會讓林家掌櫃收集桂花的。

整個江南的桂花很多，真要收的話，數萬斤也不在話下，掌櫃就不用擔心了，而且桂花糕中的桂花少一些也沒什麼。」

「公子，若是林家也收桂花，那麼今年桂花的價格一定會讓許多的鋪子買不起了。」

掌櫃再一次苦笑，林楚一怔，這番話自然是有道理的，江南能和林家相爭的商戶也只有那幾家了。

林家要是買桂花，那麼一定會擠垮許多賣桂花糕的小鋪子。

只是做香皂也不一定要用桂花，春天的槐花、桃花等等皆可，再或者是夏天的荷花，冬日的梅花。

說到梅花，目前就有，所以他點了點頭。「放心吧，不會壞了那些店的前程，今年我只收五千斤就好。

而且我也不在躍山城收，就到別的地方吧，只是不知躍山城最好吃的桂花糕是哪家做出來的？」

「丁甲街的桂花巷。」掌櫃應道，接著又行了一禮，認真道：「林公子能夠體恤我們，這是我們的福氣。」

林楚笑笑，搖頭。「都是討生活的百姓，一家獨大不如百花齊放。」

掌櫃看了他一眼，目生光彩。

付了銀子，林楚緩了掌櫃幾天，之後他會派人過來取桂花。他總得在外城的莊子裡選一選，到時候再過來取桂花。

買了桂花之後，林楚又在四周轉了轉，想要炭筆之類的東西，結果並沒有，他也就不抱有期待了。

走了這麼多的路，他倒也不覺得累，過了這幾天，他的體力的確是變得好了一些。

「少爺，從這條路穿過去就是丁甲街了。」雨下青引了引前面的路。

林楚喘了口氣，點頭道：「有點累了，上車。」

馬車跟著，他上了車，雨下青坐在車轅處，驅車前行。

車內很是奢華，馬車用的應當是鐵板，很厚重，底部也是鐵板，上面鋪了木板，再鋪了獸皮，很寬大，甚至可以躺著。

車上坐著那名買來的丫鬟，小心翼翼地坐在角落裡，看到林楚時行了一禮。

林楚看了她一眼，輕輕道：「妳有名字嗎？」

「少爺，以前的時候，爹爹叫我妮兒，我沒有名字。」丫鬟輕輕道。

林楚點了點頭，想了想，有些惡趣味道：「以後妳就叫襲人吧。」

「多謝少爺，以後我一定好好伺候少爺。」襲人很高興，眼睛真是很大的，有一種水汪汪的感覺，一如江南的春水。

拉車的是兩匹馬，林楚拉開車窗處的簾子，看著外面。

桂花巷並不是一條巷子，只是一家鋪子的名字，桂花糕的香味浮動著，的確好聞。

林楚下了馬車，走了過去，賣桂花的是一名頭上包著青花方巾的女子，身形高挑，姿色不俗。

看到她的時候，林楚的心中跳了跳，躍山城的姑娘還真是漂亮，就連一個賣桂花糕的女人都這麼美。

而且江南女子的韻，她的身上全都有，只不過林楚也沒敢多看，盯著人家一個女人看，總是不禮貌的。

「二十塊桂花糕。」林楚輕輕道。

女人頭也沒抬。「兩百錢！」

聲音軟軟糯糯，也好聽，吳儂軟語，前一世林楚聽得就不少，但這一世似乎更軟了幾分，這才是真正的軟妹子。

付了錢，林楚再看了她一眼，身後有人喊著：「買好了就走，人多著呢。」人的確不少，這兒的生意是真好。

雨下青又要喝斥人，但林楚拉了他一把，站到了一側，看著女人在忙活著，看了片刻，轉身就走。

上了馬車，他給雨下青、兩名護衛，還有剛被命名的襲人一人一塊桂花糕，自己也嘗了嘗。

桂花糕入口即化，甜味適當，當真是妙極。

襲人嘗了一小口，接著從懷中取出一方帕子，小心將桂花糕包了起來。

林楚一怔，問道：「為什麼不吃了？」

「少爺，我想帶回去給家人嘗嘗，以前就是這樣，我嘗一口，多數要給弟弟吃。」

襲人輕輕道，林楚的心中一酸，看了她幾眼，接著搖頭。

「吃了吧，妳應當是回不去了，以後就是我的人了，妳家人沒有和妳說過嗎？」

「說過，我忘記了……是啊，我已經被賣了。」襲人垂下頭，眼角淌著淚，卻是不敢哭出聲音來。

淚落在她的手背上，轉眼就濕了手。

父親將她賣了，但她卻無力反抗，這一輩子再也見不到母親與弟弟了。

林楚伸手拍了拍她的頭。「吃吧，往後就好好活著吧，我相信妳會過得很好，能將妳賣了的父母，不管有再多的理由，其實也不值得掛念。」

襲人應了一聲，悲戚著哭，心有悲涼。

第四章

楚莊

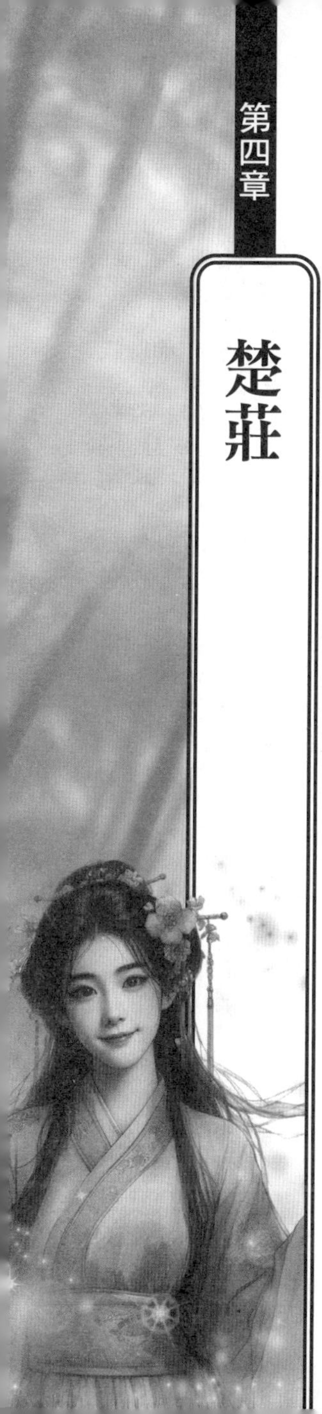

回程的時候，林楚還在吃著桂花糕。

帶著襲人進屋，林楚將她交給了林夫人。「娘，這是我剛選的丫鬟，您幫我教教她，讓她學著做事，也好好收拾一下。」

「楚兒真是長大了，這件事情就交給娘了。」林夫人開心道。

林楚知道林夫人想岔了，但他也不想解釋，只是點了點頭。「娘，一會兒我要出城看看，要是晚上回不來，那就會留宿在外面。」

「你去吧，你這丫鬟，我會替你好好管教的，最多三天就能用了，在林家總是要守些規矩的。」

林夫人輕輕道，林楚笑笑。「娘，我買了桂花巷的桂花糕，帶給您和爹嘗嘗。」

「楚兒有孝心了，娘真是很高興！」林夫人的確是很開心，難得他這麼懂事，甚至她的眼圈都有些發紅。

林楚的心裡有點感嘆，看起來他的這個前身，的確是不懂事，從不知討好父母，幾塊杜花糕就能讓林夫人這麼感動，當真是容易。

只是易做的事卻最是容易被人忽略，林夫人看向林楚的目光中，有些感懷。

離開林家，林楚去了外城。

林家在外城有四座莊子，都很大，占地極廣。

將四處莊子走完，天就黑了，林楚最終選了一處環山的莊子，一側還有一條大河。

環境是真好，莊子又大，農田極多。

目前還沒有到真正春種的時候，還得再過一個半月，差不多四五月份。

院子的主建築修建得漂亮，林楚住下了。

兩側的山不矮，山上的水流下來，成了大河，引入了莊子之中，可以用來澆灌田地。

房子不少，環在四周，莊子裡有一百七十人種糧。

林楚逛了逛，很滿意，管家是林家老人，姓林，排在第四，很忠誠，安排人為林楚收拾了房間。

「林四，你下去吧，以後我可能會在這裡住很長的時間，回頭我會把莊子改造一番。」林楚輕輕道，姓林的管家，自然是賜姓的。

夜裡的風有些冷，正廳之中，林楚一個人吃飯，邊上有兩名丫鬟伺候著，野味不少。

鹿肉鮮嫩，羊肉噴香，只是涼意更盛幾分，林楚緊了緊身上的袍子。

他還特意讓人炒了兩道素菜，綠油油的，很是好看。

吃了飯，林楚收拾了一番，也沒洗澡，他準備讓人改造一下浴室，砌成浴缸式的，下方通火，然後在外間生火，這樣熱水就會不斷了。

上床時，一名丫鬟正在為他暖床，光溜溜的，這讓他嚇了一跳。

「妳去休息吧，我用不著人伺候。」林楚打發了丫鬟。

丫鬟也挺清秀，聽到林楚這麼說，有些眼淚汪汪地看著他，委屈道：「少爺，我娘說了，讓我成為少爺的身邊人，否則就要打罵我的。」

「妳是村子裡的人？」林楚問道。

丫鬟點了點頭，林楚有點頭痛，誰都知道林家勢大，再加上林楚又是秀才，肯定都想讓自家女兒能靠上他。

只不過這個先例不能開，而且有了襲人，他覺得也就夠了，哪還有心思去收其他的丫鬟，況且這身體也不允許啊。

摸出五兩銀子，林楚遞給了她，輕輕道：「行了，回去吧，和妳娘說，以後好好找個人家嫁了，這就算是我送給妳的禮金了。」

丫鬟這才道了謝，一臉歡喜地起身穿衣服離開，身形倒是好生養的。

被窩中暖暖的，但卻並沒有什麼少女香，要想擁有香味也是極為罕見的。

林楚覺得家裡還是應當改造一番，改成火炕也是極好的，只是生火的話，柴並不耐燒，好在又不是一直需要人燒，暖了被窩就行。

坐在被窩之中，他再想及硬筆的事，不行就做鵝毛筆吧，這個並不複雜，只要削平了筆尖就好，寫起字來自然就順暢。

接下去要做的就是香皂和鵝毛筆了，其他東西做不做也並沒有關係，反正他不需要賺錢，所做的東西自己用起來舒服就行了。

醒來的時候，天未亮，林楚估計差不多是早上六點左右，他開始跑步，莊子大，跑了一圈回來，他又累成狗了。

在家裡做了平板支撐，反反復復，半個小時後，他又去做了引體向上，兩個小時就過去了。

一身是汗，他擦了擦身子，接著把雨下青和林四找來，坐在客廳裡飲著茶。

「少爺找我們有何事？」雨下青認真道。

林楚輕輕道：「讓人修一下浴池吧，依著我畫的樣子去做，把所有房間也依著我畫的樣子收拾一下。

羅山城的人不少，雨下青，你去請些工匠，如果他們願意，以後就在莊子裡住下了，再就是找一些鵝毛來。

林四，你配合一下這件事情，莊子裡的人也幫著做一些事情，水稻還不急著種，現在正是農閒的時候。」

雨下青和林四一一應著，等到林楚說完，雨下青這才眉開眼笑道：「少爺，昨夜那名丫鬟的事情都傳開了。

說是少爺賞了她五兩銀子，莊子裡許多人家的女兒都想要效仿呢，不過被我打發了，我說少爺看不中她，如果一定要塞人過來，那就得最漂亮的。」

「雨下青，還是你知我心意。」林楚笑笑，伸手點了點。

雨下青一臉討好地跟笑了起來。「得少爺賞識，老奴心中高興！」

「行了，去做事吧，這座宅子爭取在一個月之內改造完成；還有啊，那邊挖個荷池吧，養上一池荷花，再養幾尾鯉魚，日後有酒有魚的日子就極好過了。」

林楚輕輕道，雨下青和林四這才轉身而去，讓人安排事情了。

隨著他的到來，莊子的名字都換了，掛了新的牌匾，就叫「楚莊」。

桂花送來，林楚讓人碾出汁，過濾了一番，做出了香皂，第一批就做了一百塊，主要是自用，洗澡洗髮很方便。

這東西做起來不難，他讓人送了五十塊回林府給林夫人用，鵝毛筆也做出來了，林楚還自己取了個名字，刻在筆管上，就叫「林郎筆」。

三天之後，林楚正在用鵝毛筆寫著字，外面傳來急促的腳步音，一名護衛在外面喊了幾聲，林楚起身走入了院子之中。

那名護衛對著林楚行了一禮。「少爺，張良那邊出了點事情，還請少爺定奪。」

「張良出事了？」林楚一怔，接著起身。「走，去看看。他的家是不是住在躍山城？」

護衛輕輕道：「就在外城。」

上了馬車，雨下青跟著，又跟了十名護衛，直接出了莊子。

張良住在外城，房子並不大，這裡屬於安樂坊，算是躍山城的貧民區了。

此時他的家中，張良站在院子裡，面前站著四個人，領頭的是一名白衣男子，長得瘦小，小眼睛，看起來總有些猥瑣，但一看就是真有錢。

「張良，你姐姐之前就是在市口中賣的，已經插了標，我也付了十兩銀子，怎麼，現在不想賣了？」白衣男子揚聲道，身邊的三名護衛相當高大。

張良行了一禮，認真道：「高少爺，十兩銀子我已經還給你了，而且我姐還沒有簽賣身契呢，現在她是自由的。」

「我差你這十兩銀子？想得美！」白衣男子哼了一聲，接著揮了揮手。「動手，搶人！」

兩名護衛大步向裡走，張良急忙跑過來阻攔，但卻是被直接推開。

他本是書生的樣子，哪裡是這些人的對手？

屋子裡傳來一聲女人的喝聲：「住手！我出來就是。」

一名女子走了出來，一身粗布衣服，但身段玲瓏，生得高挑，足有一米七了，年紀也不算大，腰兒細盈，臀兒滚圓，當真是不俗。

那張臉是標準的鵝蛋臉，長髮盤著，一看就是待嫁的女子。

看到她的時候，白衣男子的眼睛一亮，上下打量了她幾眼，讚了一聲：「妙啊！果然是少有的美人兒。」

「我可以跟你走，但以後請你放過我們張家。」女人一臉平靜，只是眸子裡有些落寞。

白衣男子笑了起來。「當然，以後妳做了我的妾室，那麼就是一家人了，來，簽了賣身契吧。」

女子直接就按了手印，還給了白衣男子，眼圈兒都紅了。

門口傳來腳步音，接著男子的聲音響起：「誰和你是一家人？」

林楚走了進來，身後跟著十名護衛，雨下青隨在他的身邊。

他的目光落在女子的身上，暗讚一聲，的確是美人。

「少爺！」張良行了一禮，目光中浮起感激。

白衣男子看了林楚一眼，揚了揚眉。「你是什麼人？」

「連我家少爺也不認識？你那對眼珠子可以挖去了！我家少爺姓林。」雨下青喝了一聲，一副趾高氣揚的神情。

白衣男子臉色一變，小心問道：「是林員外家的公子？」

「當然！」雨下青揚眉道。

林楚也沒理會這些事情，走到張良的身邊，扶起他道：「怎麼回事？」

張良把整件事說了說，他的姐姐也是為了葬父，所以才準備賣與他人，但在他回來之後，把銀子主動還了回去。

「我知道了，你的父親已經下葬了嗎？」林楚點了點頭，輕輕問道。

張良應了一聲，林楚這才揮了揮手。「那就走吧，收拾一下，以後搬到莊子裡去住，這件事情就這麼過去了。」

「多謝少爺。」張良的姐姐行了一禮。

林楚點了點頭，看著兩人進屋收拾東西，他這才轉身看著白衣男子，伸出手來。

白衣男子連忙送上了賣身契，身子彎得很低，滿面笑容。「林公子，我不知道張良是您的人，多有得罪啊！

像是這等美人，就應當是是屬於林公子的，在下高家高志遠，願為張家奉上三百兩銀子做嫁妝。」

「高家？哪個高家？」林楚接過賣身契，問道。

高志遠連忙道：「狀元樓的東家，在躍山城開了幾家酒樓，其他城池之中也有高家酒樓。」

「行了，把銀子留下，然後你就可以回去了，這事就算是結束了。」林楚擺了擺手。

這個高志遠還挺識趣，林楚也就懶得和他計較了。

也就是在這個時候，他才知道林家的威名在躍山城當真是好使，只要亮一亮身份，對手直接就認輸了。

高志遠送上了銀票，直接離開，小院之中頓時安靜了下來。

張家人的東西並不多，就是幾個包裹，林楚讓人幫著帶走，扭頭看著三人。

張良的母親四十多歲，典型的中年女子，看起來有些慈祥，有些清瘦。

將手中的賣身契還給了張良的姐姐，林楚轉身就走，沒想到他的姐姐卻是跪在了地上。

「少爺，以後願為少爺家中丫鬟，奴家聽說少爺只是在最近才買了一個丫鬟，無人伺候，奴家願意伺候少爺。」

女子揚聲道，林楚扭頭，她雙手捧著賣身契。

林楚瞇了瞇眼睛，走了回去，接過賣身契，深吸了一口氣，隨手撕掉，輕輕道：「張良賣身給我，那是一筆交易，所以往後他就是我的僕從，但我們之間並沒有交易，所以我不能收。

張良說過了，妳都要嫁人了，那就正常嫁人吧，回頭從我那兒嫁出去就是了。

剛才那個高志遠送了嫁妝，我也會為妳備一份嫁妝，這事就這樣過去了，無論如何，姻緣最大，妳也不必擔心什麼，妳娘就住在我的莊子裡吧，總有事可以做。」

「老身願為少爺洗澡燒水。」張母認真道，行了一個大禮。

張良張了張嘴，自有幾分的感動，卻是什麼也沒說。

跪在那兒的女子搖了搖頭，輕輕道：「少爺，婚已經退了，奴家之前下定決心要賣身葬父，就不想耽擱了人家，主動去退了婚。

彩禮一共是二十兩銀子，一併退了，所以奴家沒有人可以嫁了，奴家張彩衣，今年二十一歲，只求能有一處安身之處，請少爺收留。」

林楚一怔，這也是一個剛烈的女人。

他沉默片刻，這才點了點頭。「起來吧，既然這樣，那麼妳暫時照顧我的起居吧，不過妳是自由的，並不是我的丫鬟，將來要是想嫁人，我還是會幫妳。」

「謝少爺。」張彩衣起身。

上了馬車，張彩衣坐在林楚的身邊，本來林楚還邀請了張母一起上車，但她說什麼也不肯，就坐在車轅處。

回到楚莊，林楚叫來了張良，和他談了談，發現他的確是有些才學的，識字、算術都還不錯，人也忠義。

林楚就暫時讓他擔任他身邊的大管家，雨下青這個人總有些不靠譜，林楚讓他當了二管家，協助張良做事。

張良很勤懇，一直在莊子裡盯著工匠整改莊子，張母則是做了老媽子的事，洗衣、做飯、生火、燒水等等，很勤快。

讓林楚意外的是，張彩衣竟然也是識字的，她為林楚疊衣、鋪床，做的就是丫鬟的事情，毫無怨言。

一個月之後，已經是四月初了，莊子改建完成，宅子挺漂亮，只不過窗子卻是讓林楚並不滿意。

紙裱出來的窗子總有些不透光，想了想，他還得接著燒制玻璃，如果用大面積的玻璃窗，那會讓屋子變得更加亮堂。

只是他僅僅只是有了這個想法，並沒有真正去做，這並不是必需的，所以並不著急。

江南的春雨不少，四月初的時候，雨一連下了幾天。

林楚坐在書房中，看著書，說到底，他還要參加鄉試，總得做一些準備。

張彩衣走了進來，為他泡茶，茶是新茶，江南的綠茶，香味撲鼻。

這段時間生活在莊子裡，她的氣色生出了很大的變化，身上的衣服也都換成了絲衣，襯著她的姿色，總有些豔。

林楚看了她一眼，輕輕道：「上次高志遠給妳那三百兩銀子的嫁妝還在我這兒，妳自己收著吧，想要買些什麼就去買。」

將銀票遞到了她的手裡，林楚慢慢喝了一口茶，心中讚了一聲。

或許這就是龍井？

想一想大約是的，這兒離開龍井產區還真不算是特別遠，這茶應當是其中最好的了，林府有錢，自然是想買什麼就買什麼。

張彩衣連忙將銀票放在一側的案幾上，認真道：「少爺，這錢財不是奴家所得的，如果沒有少爺，高志遠不會給，甚至奴家就會成為高家的人，所以這銀票，奴家不能要，這是少爺應當得的，奴家不要，少爺還請收回去吧。」

林楚看了她一眼，她這品性倒真是不錯，只不過他還是搖了搖頭。「好，這銀票算我的，但我現在賞妳了。」

「賞我？」張彩衣一怔。

林楚抬頭看了她一眼，笑笑。「怎麼，少爺賞的東西妳還敢不要？」

「謝謝少爺！」張彩衣勾了勾嘴角，把銀票收了起來，放到了懷裡。

林楚這才點頭。「昨日我娘寫信，讓我回家一次，妳去安排馬車吧，今天我們就在內城林家住下了。」

張彩衣轉身離去，安排了馬車的事宜。

雨幕中，林楚坐在車內，張彩衣陪在他的身側，張良並沒有隨行，雨下青坐在車轅處，擔任了車夫的角色。

馬車四周護著十名護衛，穿著蓑衣，在雨中疾馳。

只不過這些護衛三三兩兩，完全就沒個樣子，要知道林楚可是見過玉山上的那些人了，那才是真正的鐵軍。

這些人連令行禁止都做不到，林楚也真看不上眼，但他也不在乎，反正能擋一擋攻擊就行了。

雖是上午，但因為雨不小，所以路有些迷濛。

張彩衣坐在他的下首，脫了鞋，只是穿著一雙小白襪，腳兒玲瓏，隱隱露出一截小腿，卻是雪白如玉，在素色的長裙下晃著，豔了又幽暗。

注意到林楚的目光，張彩衣的臉色一紅，但林楚卻也不在意，笑了笑。

「妳不必那麼緊張，我們都相處了月餘，妳應當適應了。

說起來，這一個月的時間，還真是多虧了妳的照應，想一想，我現在似乎還真是習慣了，若是將來妳嫁人，我反而會有些不適應吧。」

這一個月之中，張彩衣做事的確是相當細緻，她不算是年輕了，二十一歲，所以事事都能考慮得很全面。

只不過她到底不是屬於他的丫鬟，所以為他洗澡、洗頭、暖床之類的事情並沒有做。

張彩衣抬頭，看了林楚一眼，臉上的紅暈還在，但她還是很認真道：「少爺，奴家此生不嫁人了。」

「以後不要稱奴家了，都是自己人，弄得太生分就不太合適了。」林楚輕輕道，接著話鋒一轉：「妳呀……」說到這裡他頓了頓，沒說下去，搖頭笑了笑，接著點頭。「走一步看一步吧。」

回到林府的時候，林楚把張彩衣安排在他的院子裡，接著才去給林青河和林夫人請安。

襲人不在他的院子裡，顯然是被林夫人帶在身邊。見到林夫人時，林楚果然看到了襲人，她站在林夫人的身後，但那種模樣，讓林楚怔了怔。

收拾乾淨之後，她還真是精緻，一看就是江南人，生得漂亮。

「楚兒回來了！」林夫人拉住了林楚的手，接著點頭道：「楚兒，你爹去了臨山城，與人談些生意。

這次叫你回來，我與你爹商量過了，你做的那個香皂太好用了，我送了幾塊給爹娘，他們還和我要。

所以你多讓人生產一些，在我們自家的鋪子裡賣，這生意或許會比糧店更加賺錢的，最好是能刻上林字。」

林楚一怔，接著點頭。「娘，沒有問題，不過我沒有合適的人手，妳派一批人到莊子裡來吧，我教會他們就行了。」

「這事應當要保密，我會和你爹說一聲，派一些自家工匠過去，只不過事情還是由林四負責吧，這個人還是很忠厚的。」

林夫人應道，目光落在林楚的臉上，隱有讚賞。

林楚想了想道：「娘，既然要做，把鵝毛筆也做了吧，這次我要一百名工匠……這樣的話，楚莊就得加固一下。

回頭我再找人把圍牆築得高一些、厚一些，再在四周建幾座箭垛，請一些箭手，總之還是要好好守著莊子。」

「我兒考慮周全，這兩天我就讓你爹把人準備好，派過去，一切聽你的命令。」

林夫人點頭，握著林楚的手，拍了拍，越發滿足，她再扭頭看了襲人一眼道：「你這丫鬟不錯，很會伺候人，有這個天分。

我已經教了她一個多月，她現在伺候人的本事不在春蘭之下了，你既然回來了，就把她接走吧。」

「還是娘厲害，會調教人。」林楚拍了林夫人的馬屁。

林夫人越發高興了，從前的林楚可沒這麼會說話，她握著林楚的手緊了緊，手真是軟乎，還帶著汗。

雨還在下著，林楚回自己的院子時，帶著襲人，兩人打著一把傘。十四歲的襲人很瘦削，但清亮的樣子卻是很惹人憐愛。

「離我近一些，別淋濕了。」林楚輕輕道，將她抱到了懷裡。

襲人的身子顫抖了幾下，臉色都紅了，但嘴角卻是有些歡喜。油紙傘下，兩人挨得緊，慢慢回了院子。

襲人的身上有著隱約的香，並不烈，隱隱約約的，倒是好聞，這讓林楚怔了怔，這樣一個買來的丫鬟，還真是不俗。

回院之後，房間裡被收拾得乾乾淨淨，林楚為襲人和張彩衣介紹了一番，這才輕輕道：「襲人，以後妳聽彩衣的，她比妳要長幾歲，做事更加細緻一些。」

「是，少爺！」襲人應了一聲，倒是很聽話。

林楚坐在書房裡，揮了揮手，讓兩人離開了。

第五章

昆侖奴

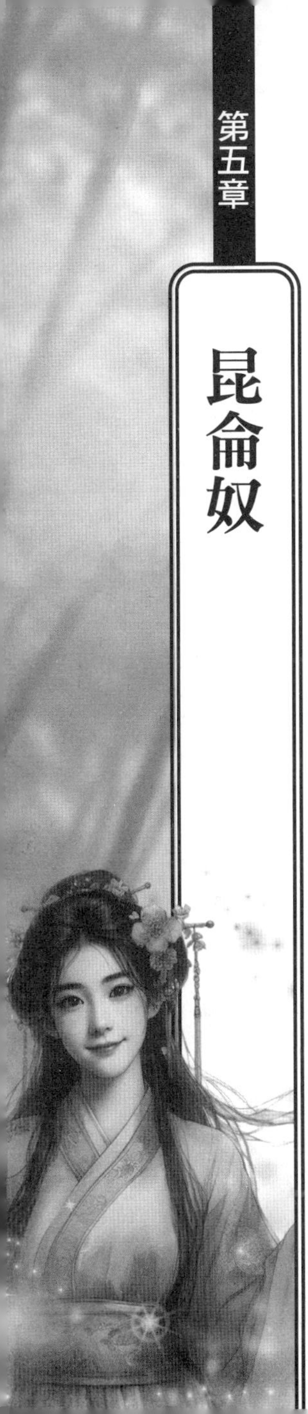

四月的躍山城，已經有些很暖和了，再加上林楚鍛煉了一個月，身子骨也強壯了，不再畏寒。

他現在的動作也靈敏了許多，人也長高了一些，有一米七六了，身上肌肉也不少，伏地挺身可以做四十多個，引體向上至少拉七八個。

晚上洗澡的時候，張彩衣燒了水，林楚進入浴池時，襲人跟了進來，為他寬衣。

林楚也沒有覺得不好意思，這是屬於他的貼身丫鬟，就應當做這些事情。

洗澡的時候，襲人也解了衣服，坐在他的身後，泡在浴池中，為他洗著頭髮。

其實這個時代的人很少洗髮，但林楚卻受不住，他不是每天洗，至少也是兩三天得洗一次。

「襲人，以後可不要學著其他人，半年才洗一次發，妳得兩三天洗一次，知道不？我的丫鬟就得弄得香噴噴的。」

林楚輕輕道，襲人應了一聲：「一切都聽少爺的。」

洗了澡，林楚進了書房，寫起了東西，襲人則是進了房間。

林楚寫的是一些策論類的文章，還有幾個月就得鄉試了，他總得應付一下，考上舉人的話，似乎也沒多困難。

等到明年還得入京考試，中了就是進士了，可以入朝為官了，在六部之中擔任吏官，再或者去擔任地方官。

但他的心裡對當官其實真沒什麼興趣了，主要是林家太有錢了，而且離開京都也挺遠，只要林家小心一些，應當不會被皇上關注到……

不過也不得不防啊，總得有個退路，萬一哪天這麼多的財富被皇上看中了，再或者是他的外公因為某些事惹怒了皇上，林家受他牽連。

總之這樣的事情都得注意著些，所以林楚需要有點自保的能力。

他揉了揉額角，喃喃道：「大家就不能太太平平的嗎？非得這麼小心翼翼的生活，不過還是得做點事。

不當官也好，就算只是個舉人，也算是有了功名，那麼我在躍山城也算是一方土豪了，真被皇上那邊注意到了，就跑吧。」

想到這裡，他想到了玉山，實在不行就上玉山吧，或者是跑到南晉去，那總是一個退路，但這需要江湖方面的助力。

回房的時候，林楚覺得有點頭大，他還是一個少年，就得考慮這麼多的事情，這實在是有些累，所以還是得找點護衛。

不說是精兵，總得練出氣勢來，有點自保之力。

床上，襲人躺著，在為他暖被窩。

林楚上床時，被窩中香香的，很好聞，雖說不烈，但總有些女兒香。

襲人有些臉紅，睡在了外面。

林楚躺下，拍了拍襲人的腰肢。「睡吧。」

她僅僅只是穿著肚兜，後背和臀兒自是一目了然，但林楚沒有動什麼心思，畢竟她實在是有些小了。

「少爺，我伺候你。」襲人輕輕道。

林楚一怔，接著搖了搖頭。「行了，再過兩年吧，妳現在還太小了，對妳的身體並不好。」

「少爺，我都十四了，不小了，我娘生我的時候也就是十六歲呢。」

襲人一臉異樣，林楚笑笑。「妳不懂，總之過幾年最好，行了，睡吧。」

其實他還真是有些累了，一直鍛煉身體，再加上想的事情不少，總有些疲憊。

頭碰到枕頭，不到一分鐘，林楚就睡著了。

但襲人卻是睡不著，她總覺得有點羞意，說到底，她還是少女。

只是看到林楚睡去，她這才大著膽子轉身，看著他的臉。

還真是很英俊的，有些瘦削，只是書生氣濃厚，在林家的這一個月之中，她學了很多的東西，知道了林家的地位，只是感到很是幸運。

伸出手，小心翼翼撫到了林楚的眉心處，襲人用牙齒咬了咬嘴唇，很開心地笑，卻是不敢笑出聲音。

「少爺，我知道以後我就是你的貼身丫鬟了，如果運氣好，能被你收為妾室的……」

襲人低低說著只有自己能聽到的話，只是越說越開心，這只是她的命運。起身的時候，林楚覺得女兒香更濃了幾分，襲人卻是還在睡著。他慢慢起身，只是翻過襲人的身子時，她醒了過來，連忙起身。

「妳再睡一會兒吧，長身體呢。」林楚笑笑。

襲人一怔，接著堅定搖頭，還是起來為林楚更衣。在這個時代，哪有對丫鬟這麼好的人？但她還是不敢放肆。

林楚也沒拒絕，由著她更衣，他一個人穿這種複雜的衣服的確是不便，尤其是每天胳膊還是瘦瘦的。

穿好衣服，他伸手捏了捏襲人的臉，微微笑了笑。「別以為我說好聽的，能休息就休息一會兒吧。

今日我們回莊子了，妳一起去，莊子裡的條件也還不錯，一會兒妳收拾一下，吃了早餐就走。」

「少爺，那我這就去收拾。」襲人應了一聲。

林楚走了出去，張彩衣站在一側，為他弄好了牙刷，還接了溫水洗臉，就是這麼貼心。

收拾妥當，林楚看了她一眼，走了出去，雨已經停了，他跑步去了。

回楚莊的時候，張彩衣和襲人都坐在他的下側。

馬車經過市口，外面很熱鬧，吆喝音不絕，林楚拉開車簾向外看了一眼，接著怔了怔，讓雨下青停車。

車子停在一側，鬧市一側圍著一群人，中間站著一人，牽著一名高大的漢子，皮膚黝黑，足足有兩米了，十分雄壯。

「這就是昆侖奴啊！」

「長得真是高大，那腰能有我三個粗了。」

「傳聞中這昆侖奴有九牛之力，但卻性情暴躁。」

林楚下車，走了過去，心中有些異樣，傳說中的昆侖奴應當是來自於古印度，也就是達羅毗荼人。

也有人說來自於南洋一帶，性情溫順，個頭不高，像是這麼高大的相當罕見。

雨下青喝了一聲：「讓開！」

圍觀的人沒有理會，但護衛們伸手推了幾下，硬生生把人群推開，林楚走了進去。

近距離看，昆侖奴更加高大，他就穿著一條褲子，赤著上身，雙手雙腳都用牛皮筋捆了起來。

他的身高絕對是超過兩公尺了，應當有兩點二三公尺的樣子。

「這位昆侖奴需要一百兩銀子，他力大無窮，還很溫順，買回去看家護院都是不錯的。」

賣昆侖奴的是一位中年男子，似乎也不是中原人。

昆侖奴瞪著眼睛，目光中透著幾分懾人的感觸，此時咆哮了一聲，說著一串讓人聽不懂的話。

林楚一怔，這分明就是印地語，應當是古印地語，他聽明白了。

「你們騙我！你們騙我！」

昆侖奴的話翻譯過來差不多就是這個意思，林楚饒有興趣地看了一眼，也用印地語回了幾句：「你願不願意跟我走？」

「你……」昆侖奴呆了呆，目光落在林楚的身上，接著點了點頭，目光很亮。

林楚摸出一百兩銀子，遞給了中年男子，輕輕道：「以後有這樣人，記得找我。」

「多謝少爺！」中年男子眉開眼笑了起來。

林楚沒理他，雨下青卻是哼了一聲：「記著，我家少爺是林家大公子，以後有合適的人記得送來。」

「林家……」中年男子一呆，接著一臉大喜：「多謝林少爺！」

轉身回到馬車上，昆侖奴走路並不快，畢竟捆著腿，林楚讓人解開了他的束縛。

馬車前行，昆侖奴的速度頓時快了起來，林楚一直在觀察著他，他赤著腳，疾走起來並不吃力，要真是跑起來，相信速度會更加驚人。

一路回了莊子，林楚坐在前廳之中，看著昆侖奴，他直接跪在林楚的面前，看著他，目生希望。「你會說我們的語言？」

「你來自何處？叫什麼名字？被誰騙了？」林楚問道。

昆侖奴說話的速度很快，林楚打斷了，讓他從頭再說。

古印地語與後來的語言有些區別，林楚還是需要一些時間來弄明白的。

很快林楚就聽明白了，他還真是達羅毗荼人，只不過是混血，與古迦納的混血，他來東方只是因為家境過於貧苦。

生活在社會的底層，而有人說過東方遍地是黃金，他就來了，來了卻是被人捉住了，還是一群訓練有素的士兵。

這些人很厲害，打人很疼，但他還是殺了四五個人，轉身就跑。

他的速度比馬跑得還快，但因為力竭最終還是被抓了，為了讓他安分一些，每天只給他吃一個饅頭，所以他現在餓得沒什麼力氣。

他的名字叫木裡蓊，當然只是音譯，那個詞林楚也聽不明白。

「木裡蓊，去洗澡吧，把自己弄得乾淨點，然後找一身袍子……算了，你生得這麼高大，一般的袍子也穿不上。

這樣吧，我讓成衣鋪過來為你定制幾身衣服，你不適合穿袍子，正好讓人為你設計得寬鬆一些，回來我有話和你說。」

林楚輕輕輕道，讓雨下青帶著他下去，一路去了側院中。

木裡蓊再回來時，已經變得很乾淨了，就連頭髮都洗過了，倒也不是那麼黑。

此時有人端來了飯，只不過只有粥，還有十來個鹹蛋，他餓了這麼多天，不太適合吃大魚大肉，容易出事。

木裡蓊低頭就吃了起來，端著盛粥的桶，一口氣吃了足足有七八斤粥，幾個鹹蛋也直接吃了。

放下桶，他呼了口氣，看著林楚道：「你是個好人，以後我就跟著你了。」

「好，你要在中原生活，那就得學著說中原話，從今天開始，我教你，以後你的名字叫林一……似乎並不合適……」

家裡的管家是從林一開始排的，那麼木裡箚就叫林ONE吧……

林楚嘆了口氣，輕輕道：「就叫林萬吧。」

接著又用官話和他解釋了一番，他倒也不是太笨，直接說道：「少爺……」口音生硬，但總算是能說了，林楚喘了口氣。

成衣鋪的人在下午就過來了，為林萬量尺寸，林楚設計了不是那種袍子，而是上衣和褲子分開的衣服，寬大一些。

下褲寬大，卻是收腿的設計，然後他又讓雨下青為他做軟甲，以他這樣的身形，若是背著一身甲衣，那就當真是很強了。

林楚每天教林萬說官話兩個小時，兩天後，林青河派的工人來了，林楚又開始忙了。

讓人加厚、加高院牆，又讓人在四周建了箭垛，還在一側建了一個練武場。

林萬雖然力大如牛，但並不通武學，林楚也找不到人來教他，就只是讓他練刀，反正不斷劈、刺，再就是練身體。

練武場要打平，用水不斷澆泥，直到泥完全硬化，為此用了三天時間。

傍晚的時候，雨下青陪著林楚看著林萬在練刀，輕輕道：「少爺，以林萬的力量，如果練一練外門的功夫，那會很強的，在戰場上就會無人可敵。」

「你有門路？」林楚問道。

雨下青搖頭。「沒有，不過南晉應當有，我記得東周也有一家叫『混元宗』的宗門，長於混元勁，主練一口氣，不過這是內勁，不是外家功夫。

但這一身內勁卻是能將身體打磨得精壯如牛，刀槍不入，聽說還有相應的招式，那才是最厲害的。

南晉那邊的江湖宗門也多，有磐石功、金剛勁，這都是外門功夫，我可以找朋友打探一番？」

「朋友？」林楚似笑非笑地看了雨下青一眼。

雨下青的心中一緊。「少爺，老奴一片赤誠，可鑒日月……」

「行了，儘快吧……還有，我的劍什麼時候能打好？」林楚問道。

雨下青認真道：「少爺，我現在已經開始了，一直在打百煉鋼，花了一個月時間才打好，現在剛剛開始煉劍，請少爺放心。」

「知道了。」林楚輕輕道。

回身時，他進了一側的主宅，張良從一側走了過來，遞上了幾張紙。「少爺，最近莊子採購的青石之類的價目表。

這是用來擴建圍牆的，糯米之類的是從林氏糧店里拉來的，還有就是練武場上所用的武器都是從太守那邊拉來的。」

「林萬那邊覺得武器都太輕了，我們有鐵匠，回頭就給他打造一件趁手的吧，到時候問問他需要什麼就是了。」

林楚應了一聲，張良一怔，低聲道：「少爺，私下打造武器的話，似乎有些不妥。」

「不必在意。」林楚搖了搖頭，玉山上那麼多的武器，也不見被人清繳了。

張良點了點頭，深吸了一口氣，接著認真道：「我都聽少爺的。」

進了屋，張彩衣為他淨了手，又用溫熱的毛巾為他擦了擦臉，卻是站在林楚的面前沒有離開過。

林楚一怔，看了她一眼。「怎麼了？有事？」

「少爺，我知道襲人的名字是少爺取的，我也想要個名字。」張彩衣輕輕道。

林楚伸手揉了揉額角。「襲人以前是沒有名字的，我這才為她取了名，而且她是我的丫鬟，我為她取任何名字都是合理的。」

「我也是少爺的丫鬟！」張彩衣認真道。

林楚想要說點什麼，張彩衣再次說道：「少爺，雖說沒有賣身契了，但我認定了這件事情，就算是你不要我，我也是這麼認定的。

我這個人的性子就是這樣，認定的事情不會改，張良跟了少爺，我娘也住在這兒，這輩子，我只要和他們在一起就好了。」

林楚沉默了片刻，接著點了點頭。「以後妳就叫晴雯吧。」她的性子剛烈，一根筋，倒是像晴雯，而且生得真是漂亮。或許，這也是他的惡趣味，卻是很有意思。

細雨中，燕子飛。

春天的江南總是多雨，林楚卻是得了閒，在街上逛著；這一次是林萬相陪，就帶了他一個護衛，再就是雨下青和換了晴雯名字的張彩衣。

林楚發現，雨下青這個人雖說平時沒一句真話，但活動能力是真強，不管是與人接觸也好，還是打探消息，都很老道。

而且他的眼光的確是好，江湖經驗又足，還是能用一用的。

香皂和鵝毛筆已經做出來了第一批，在林家糧店上市了，這一次的香皂用了梅花汁，還有玉蘭花汁。

雪白的皂身中間刻著林字，外面的紙上還印著各自的香味。

目前有梅花味、桂花味、玉蘭花味，還有一種野花味，共四種。

楚莊中已經種上了水稻，林楚還讓人養了羊、豬，數百隻都在莊子的後院中。

林萬才十八歲，這段時間天天吃肉，整個人胖了一些，變得更加雄壯了。

細雨中，林楚透過車窗看著外面，揉了揉額角道：「雨下青，要找箭手似乎不易啊。」

「少爺，要想找箭手的確是不易，不過我們可以找獵戶，躍山城南邊三百里，那裡的人以打獵為生，所以找人不難。

再就是江湖中也有以暗器著名的門宗，比如說是巧手門，他們長於製作各種暗器，找幾個人過來，再從莊子裡找些人訓練一下也能用。」

雨下青輕輕道，林楚一怔，這倒是個思路。

而且箭手培養不易，但他可以做弩啊，這東西不需要高深的箭術，反正訓練一批人，有四五十人就夠了。

這個時代已經有弩了，但威力算不上強大，林楚可以讓人做出來那種連弩，還可以打造出神臂弓。

一次可以射出二三十支箭，只是不便移動，但他本來也沒想著移動，固定在箭垛上就行了，就是為了讓楚莊有點自保之力。

不過這玩意他也不會弄，也就只能是想一想了，但他卻是記著八牛弩，這東西可以做出來的。

細雨中，一匹馬從一側踏了過來，看到馬背上的人，他怔了怔。

小武騎在馬背上，扭頭看了一眼，目光灼灼，看到林楚的時候，他也怔了怔，接著一臉歡喜。「先生，學生來請教問題了！」

「好！我現在住在外城的楚莊，你先自行過去，你有我的玉佩，沒有人會攔你的。」

林楚也笑了起來，小武卻是搖了搖頭。「先生，我就陪著先生一起吧。」

「我是想找幾個有用的人，我爹請的那些護衛都是徒有其表，不堪大用。」

林楚輕輕道，小武一怔，接著低聲道：「先生敢不敢收江湖人？」

「在這躍山城，我應當是可以橫著走，只是我也不想收那些殺人如麻的大盜，對於我來說，這是底線。

我心中總有那麼一點不合時宜的良善，或許這是我的軟處，但總想著堅持，不想改變，不想放棄。」

林楚輕輕道，坐在他腳邊的晴雯一怔，抬頭看了他一眼，眸子很亮，落在他的臉上，很溫柔。

小武也怔了怔，接著輕輕道：「先生放心，我心中明白，那這事就交給我了，我會安排人過來的。」

「那就回去吧，有你在我也就放心了。」林楚放下車簾，輕輕道。

馬車回程，細雨依舊。

晴雯看了他一眼，抱起他的腿，為他揉著小腿，輕輕道：「少爺救下我，也是因為心中那點良善嗎？」

「也許吧。」林楚輕輕道，接著看了她一眼。「人之所以為人，就是因為那一點良善，若是泯滅了，那就不能稱之為人了。」

晴雯看著他，有些癡迷，接著輕輕道：「少爺為何為我取名為晴雯？是有什麼喻意嗎？」

「霽月難逢，彩雲易散。心比天高，命比紙薄。」林楚借用了晴雯的判詞，微微改動了一下。

晴雯怔了怔，暗自咀嚼了一番，目生異樣，雙手揉著他的小腿，將他的腳抱入懷中，踩在她柔軟的肚子上。

林楚的心中一蕩，看了她一眼，深吸了一口氣，這個時候，還真是讓他的心中浮起少年的漣漪。

晴雯垂下頭，耳朵都紅了，但她還是在揉著，甚至把林楚的另一隻腳也抱入了懷中。

馬車回到楚莊，前廳之中，林楚接待了小武，林萬也在身邊。

小武沒有任何猶豫，直接就提問了不認識的字，林楚一一解答，差不多一個小時，停了下來。

「先生當真是厲害，一下子就解了我的疑惑。」小武滿足道，接著看了身邊的林萬一眼，問道：「昆侖奴？」

林楚點了點頭，接著心中一動，笑咪咪道：「這是我新買來的護衛，雖然身強力壯，但卻是缺一門修行的武功。

小武，你這邊有混元勁嗎？沒有的話，磐石功、金剛勁都行，我只是想讓他更加強壯一些的。」

小武一怔，接著伸手撓了撓頭。「先生，混元宗可是東周的最強門宗之一，混元勁並不容易學到。

磐石功和金剛勁倒是有不難得到，只是修行起來很難，不適合於所有人，我可以幫著先生試著找找。」

「那就辛苦你了，今日有雨，你就在莊子裡住下吧，順便再溫習一下，如若還有不明白的，晚上可以再請教我。」

林楚輕輕道，小武行了一禮，道了謝。

雨下青引領著小武離開，林楚讓林萬也下去了，他現在就住在院子一側的廂房中，算是在保護林楚。

林家鋪子的名聲變得更加響亮了，並不僅僅在躍山城，而是傳遍了整個江南。

香皂和林郎筆的發明，大受歡迎，從目前的情況來看，這兩樣東西帶來的利潤或許真是要超越糧食了。

林楚卻是坐在書房中，算計著接下去要做的事情，玻璃還是得做起來，他已經寫了配方，窯也正在建著。

甚至他還想燒制水泥，這樣用來做建設就容易了很多，可以建更高更厚的牆了。

小武在晚上又過來了一次，請教了一些問題。

他的確是很好學，只不過在練兵方面也很有一套，看過了楚莊的佈局，他在第二天專門和林楚提了提莊子的防衛。

「先生把莊子打造得這麼高，這麼厚，應當是想防那些山賊吧？學生覺得還是應當選一些人集中訓練一番。

只要配合無間，百人就可以殺死江湖中的那些高手，真正訓練有素的士兵不是那些山賊能對付的。」

小武說道，林楚卻是覺得有點怪異，他就是山賊啊，只不過林楚很認真地點頭。「小武，要不你留下來幫我訓練一些人？」

「先生不如從城防軍中選人，躍山城的城防軍中還是有幾位名將的。」小武笑笑，拒絕了林楚的提議。

第六章

江湖人

林楚一怔，沒說別的，把小武送走。

他的外公雖是太守，但讓他麾下的將領幫著練兵，這肯定是不妥的，所以還是得自己想辦法。

回屋的時候，晴雯湊了過來，輕輕道：「少爺馬上就要參加鄉試了，還是應當多多準備的，不能一直出去了，接下去不如就在家中溫習可好？」

「放心吧，花上一個月時間就足夠了。」林楚笑笑。

晴雯還是有點擔心，低聲道：「少爺還是要謹慎一些的，反正家中也沒什麼事情了。」

「我知道了。」林楚點頭。

他最近其實也是在溫習，以林家的底蘊，家中藏書不少的。

雨下了兩天後就停了，楚莊之中還加蓋了豬棚、羊棚，還有雞棚，收拾得越發乾淨、規整，這自然都是林楚的規劃。

整個莊子真是不小，縱深有五里，寬也有三里了，圍牆加固還需要一些時間。

林楚一邊讀書，一邊讓張良盯著窯，他讓人燒製了玻璃，這件事情也是交給了張良。

一開始的燒製還是花了些心思，失敗了幾次，但這些東西並不複雜，兩天後就成功了。

林楚先讓人做了鏡子，這種鏡子照起人來纖毫畢現，遠遠不是銅鏡能比的。他為晴雯和襲人一人準備了一塊，多做了一些就準備送給林夫人。

等到他將主建築的所有窗子換成了玻璃窗時，已經到了五月底了，天挺熱的。

這段時間他把心思還真是放在了讀書方面，這次鄉試，安排在江南的青湖城，離開躍山城差不多有三百里。

八月初五的鄉試，林楚準備七月中旬就過去，林青河卻是早早派人去青湖城買了一座宅子，就是為了給林楚安身之處。

回內城的時候，林夫人看到林楚送來的鏡子時，一臉讚嘆：「楚兒，這是鏡子？當真是玄妙啊，怎麼看得這麼清楚？」

「娘，您喜歡就先用著，我已經讓人生產了一批，會在林家鋪子裡售賣，價格可以賣得貴一些，畢竟現在產量還是有限的。」

林楚輕輕道，林夫人讚嘆了一聲：「理當如此啊！這可是神物啊，青湖楊家一直與我們林家相爭，有了這些物品，我們應當可以穩勝楊家一籌了。

江南四大家中，謝家居末，楚家位列第三，楊家一直壓在我們頭上，這一次，我們應當可以反超了。」

雜。

「娘，楊家是做什麼生意的？」林楚有些意外道。江南四大家？他還真是不知道這些事情，沒想到商賈方面的事情也這麼複雜。

林夫人拉著他坐下，輕輕道：「謝家的茶、楚家的酒、楊家的布匹，我們家的糧食，當然了，這是主要的經營範圍。

實際上，那三家也都有糧店，甚至楚家不僅做酒，還做醬，楊家還做成衣、賣馬，他們有馬場，養了許多的馬。

聽說他們與西涼的關係好，這就是最大的優勢了，楊家四子三女，你爹看不慣他們；之前去臨山，其實是為你去向謝家求親了。」

「求親？娘，我還不到成親的年紀吧？」林楚心中一跳。

林夫人伸手在他的腦門上點了一下，笑笑。「十七了，還不到結婚的時候？早點成親，多生幾個。

謝家是江南最大的茶商，也經營絲綢，謝家女兒素來淡雅大氣，整個江南皆以能娶到謝家女為榮。」

「娘，我覺得再等等吧，孩兒還想著成一番事業呢，而且孩兒就要鄉試了，到了明年還要會試。

若是中了狀元，那麼或許就有機會娶到金陵的大家閨秀，比如說是尚書之女，未必一定要娶謝家女的。」

林楚一本正經地胡扯，林夫人卻是怔了怔，接著認真點頭。「倒是有些道理，那就再等等吧，等你過了會試再說……

不過謝家那邊也沒答應，謝家女可是不好娶的，那都是有頭有臉的人呢，而且謝家女也是有才的。」

林楚鬆了口氣，笑了笑，這一刻，他驀然又想起了玉山大當家，若是他當時成親了，娶了那樣一位女壯士，那麼一定會給林夫人一個大驚喜。

陪著林楚回來的，除了林萬、晴雯，就只有雨下青了。

江南馬上就要進入梅雨季了，目前的天氣還算是不錯。

林楚帶著林萬和雨下青在街上閒逛，又去了桂花巷，這裡的桂花糕的確是不錯的。

謝家的茶、楚家的酒、楊家的布，依著林夫人的說法，謝家在臨山，楊家在青湖城，楚家在寧台城。

馬車晃著，躍山城其實挺大，晃悠悠經過長街，街邊賣著各種物事，林楚看到有賣新鮮白蝦的，心中不由一動。

「雨下青，你去買些白蝦，讓他們送到林家去。」林楚輕輕道。

雨下青下車和賣蝦的小販商量了一下，付了銀子，讓人送到林府。

正要啟程時，一側傳來一陣的金摩擦音，林楚扭頭看了一眼，怔了怔。

一隊士兵走了過來，一共十二個人，個個帶傷，身上都是血，腿上卻是捆著腳鐐。

這列士兵的身側是六名士兵，明顯是周國的士兵，身上帶刀。

林楚探出頭去，揚聲道：「這是什麼人？」

周國士兵抬頭看來，目露凶光，只是看到林家的馬車，表情一鬆，臉上堆笑，對著林楚拱了拱手。

「林少爺，這些是戰俘，來自南晉，他們闖入了我們大周，就被拿下了，不過他們都受了傷，差不多廢了。

現在我們打算把他們賣了，一人能賣五十兩銀子，別看他們受了傷，但一身氣力還在，也是有人要的。」

士兵統領解釋了一番，林楚點了點頭，接著想了想，推門下車，遞了一千兩銀票過去。「我買下了，把他們送到林府去吧。」

「少爺，您要的話，我們哪裡還敢收銀子啊！」士兵統領搖了搖頭。

無論如何，林楚是太守的外孫，這關係很親，他自是不敢得罪他。

林楚伸手拍了拍他的胳膊。「收著，餘下來的錢，你們自行處理就行了，也都不是外人。」

士兵統領這才收下，眉開眼笑地點頭。

「少爺，我們這就送過去，不過這幾個人不好對付的。」士兵統領低聲道。

林楚擺了擺手。「沒事，一切就交給我了。」

士兵統領這才把人拖著向一側走去。

林楚看著這群晉兵，心中微微動了動，他剛才看到的是這些晉兵的目光，一個個並無畏懼，只有漠然，那是一種說不出來的堅毅。

這種感覺，他很熟悉，因為從前的他，也是這樣的堅毅。

桂花巷前，排隊買桂花糕的人依舊不少。

林楚站在人群中，慢慢跟隨著。

輪到他的時候，他遞了銀子過去，笑咪咪地看著包著頭巾的女子，真是漂亮。

其實要說到姿色，晴雯絕對在她之上，在他所認識的女人之中，晴雯是最漂亮的了，有一種別樣的豔麗。

就算加上前一世他認識的那些女人，她也能排在前三，包括那些曾經驚豔了時光的娛樂圈美女。

但這位女掌櫃卻是不同，身上有一股子說不出來的靜。

要知道林楚可並不年輕，前世今生，他經歷很多，但這種氣質卻是讓他很容易就靜了下來。

注意到林楚的目光，女掌櫃扭頭看來，瞪了他一眼，哼了一聲。「登徒子請自重。」

「怎麼說話的？我家少爺……」雨下青喝了一聲，擺出狗腿子的架勢。只是話音未落就被林楚制止了，他順手拍在了他的肩頭，接著拱了拱手。「唐突了，那我改日再來。」

拎著桂花糕，他轉身就走，倒也瀟灑。人家漂亮歸漂亮，但他也不是那種不諳世事的少年，所以很乾脆。

女掌櫃一怔，看了他的背影一眼，接著搖了搖頭，繼續做事，把林楚當成了真正的紈絝子弟了。

這一次林楚買的桂花糕不少，回府後，讓人送去了太守府一盒。

其實這段時間他也去見過一次太守，那畢竟是他的外公，對他倒真是很親膩。

太守的名字叫劉建山，膝下兩子一女，對待林楚的母親劉婉婉格外親。

風和日麗，林楚回味起上一次去太守府的事情，勾了勾嘴角，眸子裡有些隱約的溫暖。

「少爺，我們府裡來了十二個一身是血的人，到底怎麼處理？」晴雯走了進來，輕輕問道。

林楚點頭道：「我去看看……對了，這兒有桂花糕，妳吃一些，不過還是要控制一下，別讓腰兒圓了，摸起來就不舒服了。」

一邊說他還一邊捏了捏她的臉，似乎比之前要圓潤一些了，但還是有些偏瘦。

「少爺……」晴雯的臉色一紅，跺了跺腳，透著幾分嬌羞。

林楚大笑，轉身出了門，晴雯看著他的背影，勾了勾嘴角，接著低頭看了一眼自己的腰肢，捏了捏。

「真胖了嗎？」晴雯喃喃道，接著伸手撫了撫後臀，隱有驕傲，再次喃喃道：「娘說過我是好生養的，的確是比旁人要豐潤了些。」

南晉的士兵安排在側院之中，林楚帶著雨下青、林萬走了過去。

十二人坐在牆角下，圍在一起，中間坐著一名三十歲左近的漢子。

看到林楚時，沒有人吭聲，看也沒看他，雨下青喝了一聲：「少爺來了還不起來見禮？」

無人說話，林萬邁出來，重重哼了一聲。

林楚拉住了林萬，看了十二人一眼，接著輕輕道：「雨下青，安排馬車，把他們送去楚莊吧，一會兒我們一起回去了……

還有，一會兒去藥堂裡買一些療傷的藥，主要是外傷，再買些補氣血的藥物，有人參也買一些回來。

再買些衣物，從裡到外都要有，你去辦吧……對了，再買些酒，讓人直接送到楚莊去，多買些，兩千斤起。」

雨下青轉身而去，林楚看著眼前的幾人，一臉平靜。

「一會兒收拾一下，跟著我去外城吧，你們的傷，我來治。」林楚輕輕道，轉身就走，並沒有多說別的。

南晉的士兵，心中有些傲氣，他也能夠理解。

而且看他們的樣子，似乎心有死灰，但他們沒有自殺，顯然是不甘於死去，或許還想著能逃出去。

收拾了一番，林楚和劉婉婉道別，起身回楚莊。

馬車上，晴雯帶了不少的行李，還有兩盒桂花糕，她只是吃了兩塊，並沒有多吃。

林楚靠在軟軟的墊子上，看了她一眼道：「怎麼不多吃一些？」

「少爺說是我胖了，我得克制一些，免得將來少爺不喜歡了。」晴雯輕輕道，明顯有些女人小小的心思。

林楚看了她一眼，輕輕道：「妳呀……」

晴雯笑了笑，抱起林楚的腳，放在她的小腹處，按著他的小腿，很開心的樣子。

林楚今年十七歲，晴雯已經二十一歲了，在這個年代，已經算是老姑娘了。讓他想不到的是，林萬竟然也才十七歲，與他同年，但以他的身高，那真是有些驚人了，或許還能長高一些。

回到楚莊時，雨下青安排人搬東西，十二人依次走了出來，臉上也並沒有多少敵意。

林楚把人帶到了側院之中，這兒的房子不小，後面還有一個天然的小湖。

「你們既然跟著我來了，那就說明接受了現在的狀態，我叫林楚，一個讀書人，現在呢，我讓人給你們治傷，否則會很麻煩。」

林楚輕輕道，目光落在那名三十歲左右的男子身上，很平靜。

男子這才抬起頭來，左半邊臉上都是血，那是刀傷，被刀劃破了臉皮。

他點了點頭。「少爺說得是，我們從未想著死去，能夠活下來就是我們最大的心願。」

「你們闖入周國，我相信不是為了戰爭，而是在逃避吧？晉國應當是有些亂了是吧？」林楚輕輕道，眸子很平靜。

那名中年男子一怔，餘下來的十一人也互相看了幾眼，有些異樣。

「少爺，我們的確是從晉國逃過來的，此來周國，別無所求，只求有一處安身之處。」中年男子輕輕道，接著起身道：「我叫嚴川，血甲軍百人將。」

「你們就住在這座院子裡吧，這兒房間多，你們一人一間。」林楚輕輕道。

兩名醫師走了進來，為十二人療傷，林楚讓雨下青解了十二人的腳鏈，雨下青怔了怔，一臉異樣。「少爺，那個嚴川是四品高手，那兒還有一位三品。」

林楚一怔，這就是江湖中對於武功的分類？雨下青的眼光倒真是不錯，看起來還是有些水準的。

「解了吧，有林萬在，我相信沒有什麼問題的。」林楚搖了搖頭。

嚴川的目光閃了閃，沒說話。

林楚轉身離開，進了後院。

後院的一個房間中，林楚走入其中，目光落在一側。

房間很乾淨，一側擺著一套玻璃器皿，一看就是蒸餾設備，這也是這段時間他親手做出來的。

能燒制玻璃之後，他做了很多的實驗，總算是做出了這樣的東西。

他將酒加入其中，開始燒製酒精。

酒精需要蒸發，這個時代的酒很濁，所以林楚來來回回蒸了六次，這才收起了酒精。

他聞了聞，酒的烈味浮動著，他裝入了之前做出來的玻璃瓶子中，這才轉身離開。

剛進入宅子，晴雯從一側走了過來，急忙道：「少爺，外面來了幾個人，要見少爺，似乎是江湖人。」

林楚一怔，點了點頭道：「襲人呢？我回來之後她都沒出來。」

「她在燒水，說是準備為少爺沐浴……」晴雯有點幽怨，接著低聲道：「晚上我想給少爺暖床……」

林楚笑笑。「大夏天的，還需要暖床嗎？」

晴雯一怔，只是眸子裡的幽怨更盛，她看了林楚一眼，沒說話，林楚捏了捏她的臉。「今晚我想聽著妳唱曲，記得在榻上等我。」

說完他走了出去，晴雯跺了跺腳，但臉色卻是紅紅的，很好看。

前院之中站著三個人，林楚走入其中，雨下青陪在他的身邊。

三個人中，兩男一女，一名男子生得高大粗壯，足足有兩公尺了，最惹人注意的是他的手，又大又厚，手指也很粗，手上的皮膚有如樹皮一般，很粗糙。

另一名男子生得瘦小一些，一身青袍，背著一把劍，眉清目秀，身高也就是一點六八公尺左右，面白無須，很儒雅。

那名女子五十多歲，一副老嫗的模樣，個頭倒是不矮，與背劍男子相彷，穿著白色的布衣，下身是一條花色褲子，皮膚挺黑。

見到林楚的時候，老嫗向前邁了一步，遞上了一塊玉佩，輕輕道：「林少爺，我們三人來投誠，日後當為少爺鞍前馬後做事。」

林楚接過玉佩，仔細看了看，的確是他送給小武的那塊，他不由點了點頭。

「三位，日後我的安全就仰仗三位了。」林楚輕輕道，一臉飛揚。

三人同時鬆了一口氣，老嫗彎下腰道：「老身陸秋水，千手門長老。」

「在下磐石宗丁武。」

「在下長劍門李長風。」

另外兩人也介紹了一下，高大的男子叫丁武，瘦小一些的叫李長風。

林楚的心中卻是一動，磐石宗長於磐石勁，那麼丁武過來，或許也是小武為了讓他傳授給林萬磐石勁。

小武介紹的人，還是可信的，他們應當是被南晉那邊通緝了，所以才流落到了周國。

林國將三人安排到了側院，單獨見了見丁武，和他說了說磐石勁的事情。

丁武沒有任何猶豫，直接應道：「少爺，我流落東周，孤家寡人，難有落腳之地，能得少爺收留，這就是幸事。

所以少爺有需要，我會傳功給林萬，明日我正式傳給他，這樣一來，磐石宗就算是在東周重開一脈了。」

林楚點了點頭，安撫了他幾句，這才轉身離開，一路去了嚴川那邊，醫師們正在治療那十二名士兵。

十二人都脫光了，身上的傷有些重，有兩人斷了腿，一人斷了胳膊，這都是重傷，餘下來的人都是皮外傷。

其實嚴川一行一開始有八十多人，但在逃亡的過程中，七十幾人已經死了。

林楚讓人用酒精為幾人消了毒，再進行治療，這些傷都不輕，需要養一段時間。

處理完了這十二人，他們換了新衣服，用香皂洗了頭髮，這才回屋休息。

嚴川的傷屬於較輕的，只有臉上的傷，只不過皮肉翻捲著，直接毀了容，讓他看起來有些猙獰。

這十二人之中，還有嚴川的親弟弟嚴河，他一點傷都沒有，因為他是箭手，一直躲在暗處。

安頓好了這些人後，林楚鬆了口氣，雖說嚴川一行未必有多少真心，但林楚也不擔心，因為他有人保護了，丁武和李長風是五品高手，陸秋水是六品。

這是雨下青告訴林楚的，林楚也不知道他是怎麼判斷出來的，他一點感覺都沒有。

回到後宅的時候，張母做好了飯，很豐盛，而晴雯和襲人都在，收拾著桌子，擺滿了菜。

這段時間林楚的飯量增大，應當與他一直鍛煉有關，他的身體好了許多，不吸食五食散後，他的氣血也旺盛了。

只不過他並不會武功，也沒想著學武，反正身邊有人保護就行了。

六月的江南，已經是夏季了。

這個季節的江南，吃的東西很多，除了魚之外，還有蝦，躍山城的物產極為豐富，油爆的蝦香味四溢，入口酥脆。

張母還燉了鹿肉，吃起來當真是軟糯，讓他讚不絕口。

坐到書房的時候，林楚開始讀書，就要鄉試了，總得提前學學套路。

策論、詩文，這對於他來說應當問題不大，他也沒想著考到前幾名，只要能入圍就行了，足夠他參加會試了。

夜色浮動時，他轉身回了屋子，晴雯已經躺在了被窩中，襲人則是在外間。

夏天的被子很薄，還鋪著席子，其實並不需要人暖床，但因為她的存在，被窩中浮動著女人香。

那種香很特別，應當是一種槐花的香味，浮動著隱約的甜，卻又不掩花香，有些烈，極是好聞。

林楚怔了怔，能夠擁有天然體香的女人，相當罕見，絕對算是寶貝了。抱起晴雯的時候，她的臉越發紅了，輕輕道：「少爺，我現在唱曲嗎？」

「不用了，今天有些累了，讓我抱著妳就好，妳身上可真香啊。」林楚讚了一聲，摟著晴雯的身子。

她只是穿著一件肚兜，皮膚很滑，身材也是極妙，令人讚嘆，擁有能生會養的臀兒。

他的確是有些累了，今天忙了太多的事情，雖說此刻有些心癢癢，但抱了沒多久就睡了過去。

晴雯撇著嘴，有點幽怨，只不過看著林楚睡得香甜，她也沒說什麼，就只是伸手撫了撫他的鼻子，有些俏皮。

下一刻，她喃喃道：「少爺生得真是英俊，我都二十一歲了……」

說到這裡，她抬頭，在他的鼻子上親了一口，迅速縮回了頭，偷偷抬眉看了他一眼，發現他還在睡著，沒有甦醒的徵兆，她這才鬆了一口氣。

「少爺，像是你這麼心善的男子太少了，這是我的幸運，以後，我會永遠……」晴雯再次喃喃著說道，聲音漸低，細不可聞。

抱著他的腰，她的臉靠在他的胸前，一片安寧。

漸漸的，她睡了過去。

第七章

鄧家

醒來的時候，房間裡的香味更濃了幾分。

林楚懷中一片柔軟，他暗讚了一聲，晴雯的身材真是妙到極盡，抱著這樣一位尤物睡了一晚，什麼也沒做，倒真是有些禽獸不如了。

起身時，晴雯跟著醒來，看了林楚一眼，連忙起身，伺候著他更衣。

襲人也走了進來，幫著一起為他更衣。

夏日，林楚穿的是單衣，他繼續跑步、平板支撐，還有引體向上，有條不紊。

回屋洗澡，襲人幫他，晴雯燒了水，現在晴雯算是家中的大丫鬟，襲人也是，只不過因為晴雯能寫字，所以後宅裡的事，由她打理著。

林萬跟著丁武練磐石勁，同時練習武技，林楚讓嚴河為楚莊部分護衛傳授箭術。

莊子裡的青壯年不少，林楚從各個莊子收了一批人，湊足了百人，平時練箭術，也練軍陣和武技。

嚴川當過兵，又是百人將，用他來練兵最是合適不過。

日子一天天過去了，楚莊中越來越忙，轉眼就到了七月，林楚準備前往青湖城。

嚴川一行的傷基本上都好了，他將帶來的十人打散，混入了百人之中，擔任什長，這樣訓練的速度就快了起來。

七月中旬就要去青湖城，林楚準備帶著丁武、陸秋水和嚴川，林萬和李長風則是留下來守莊，由張良來打理日常事務。

這段時間，林萬一直在練磐石勁，他聽不太懂丁武的意思，只能讓林楚翻譯，倒也練了進去，最近也正是處於關鍵的時候，所以不便離開。

林楚帶走嚴川，也是擔心他帶來的人有什麼變數，畢竟他不在莊子裡，所以有些事情需要防備。

嚴川不在，其他人就難以成事，再加上林萬和李長風守莊，那就不會有什麼問題。

出行的時候，林楚和林青河、劉婉婉告別，帶著家中的兩個大丫鬟出發。雨下青身為管家，自然也得跟著。

這段時間，晴雯和襲人一直為他溫床，但他什麼也沒做，他覺得還需要一點時間。

他的身體還沒有達到巔峰，在他看來，過了夏天就差不多了，那個時候應當就是在鄉試結束之後。

路上的風景不錯，只不過江南雖好，但財富卻是集中在少數人的手裡，許多底層的百姓過得並不如意。

最近南晉近江南一帶發大水，所以路上多了不少災民，這都是從南晉跑到周國來的。

馬車上，林楚看著路邊數百名災民衣衫襤褸地行走著，不少人灰頭土臉，他的目光中有些思索。

襲人看了一眼，眼圈兒紅了，應當是想起了從前的日子。

「同情他們是吧？」林楚問道。

襲人咬了咬牙，點頭，林楚笑笑。「也差不多要休息了，一會兒煮點粥，為他們施粥吧。」

此時已近正午，林楚此行還帶了不少的行李，單獨駕著一輛馬車，上面還有不少的白米，差不多有幾百斤。

其實青湖城也是有林家糧店的，但林青河擔心林楚在路上吃不慣，所以才安排人帶了大米，甚至還帶了幾隻肥雞。

在官道一側休息的時候，嚴川生火，陸秋水則是一直陪在林楚的身邊，丁武站在前面一點，高大的身形很有震懾力。

襲人煮粥，用了一口大鍋，粥香飄起來時，襲人過去讓那些難民過來吃粥。

難民們個個都捧著碗，聽到襲人的話，一股腦跑了過來，亂糟糟的一片。

林楚皺了皺眉頭，喝了一聲：「排隊！一個個來！」

嚴川背著一杆槍，聽到林楚的話，起身過去維持秩序，有人不聽話，他就用槍桿抽了幾下，隊就漸漸就排了起來。

粥煮了三大鍋，總算是讓所有人都吃上了。

這樣一來不可能讓所有人都吃飽了，胃口大的成年人不會飽，但至少也能溫了肚子。

小孩子應當是都喂飽了，林楚一行也只是吃了粥。

離開的時候，那些難民們也都跟著起身，跟著林楚向前走去。

馬車剛行，有人跪在前方，陸秋水回馬，湊在馬車的車窗旁，輕輕道：「少爺，有人要將家中的孩子送給少爺當丫鬟，不要銀子。」

林楚一怔，接著想了想，下了車，走到前方，看到跪著的人，女孩似乎也就是十歲左右，他不由瞇了瞇眼睛。

目光落在那名清瘦的男子身上，二十來歲，臉色有些蠟黃，身形瘦削，卻是有些溫和。

「我不需要你感恩，你自家的孩子自己養，將來也好有個養老送終的……雖是女兒，但多少有些關愛之情。」

林楚輕輕道，一臉平靜，男子搖頭，苦悲道：「少爺，我養不起她了，跟著少爺，她至少能活下去。」

若是跟著我，未來當所有人都沒有飯吃的時候，我擔心都保不住她，在那個時候，沒有人還能保持冷靜……」

林楚心中一動，他雖然沒有說完，但他明白，人吃人的時候，的確是有的。

想一想這幾個月之中，他買了這麼多的人，這還是在富足的江南，從這一點看，天下的確是不平的。

「行，人我就收下了。」林楚應了一聲，讓雨下青定了賣身契。

簽了契約，林楚起身時，那名十歲的小姑娘眼中含著淚，扭頭看著林楚，跪在地上。「少爺，奴兒求您收入父親，求求您了！」

一邊哭著，她一邊抱著林楚的胳膊。

林楚一怔，看了男子一眼，接著對一側的雨下青點了點頭，沒說什麼，轉身上了車。

這種事情，他不可能幫了所有人，所以還是不開口為好。

小姑娘被安排到了後面的馬車上，雨下青和她的父親也簽了賣身契，成了林府的家奴。

四周很多人的眼睛都亮了，紛紛撲了過來，雨下青喝罵了幾聲，讓丁武出面把人打走了，這才驅車而行。

在到青湖城之前，每每停車之時，林楚總是讓人煮粥分給一路跟著的人。

車上，晴雯輕輕問道：「少爺又買了一個丫鬟，怎麼安置？」

「由妳管吧，家裡總要有人做些事情，比如說洗衣之類的。」林楚輕輕道。

晴雯喜滋滋地應了一聲，林楚看著她有點吃醋的樣子，笑笑，伸出腳，在她柔軟的肚子上踩了一下。

她抱起他的腳，按起了他的腿，眉梢間一片溫柔。

路上行了兩天之後，再有半日就到青湖城了。

跟在林楚身後的難民們不多了，只有數十人了，大多數人都沒有了力氣，也跟不上，分散到了一路經過的小城之中，但林楚為所有人都留了一斤大米。

又行了一會兒，到中午時，離開青湖城更近了，林楚停車休息。

官道的一側，馬蹄聲響起，一共六騎縱馬而來，前往青湖城的方向。

領頭的一名男子很年輕，和林楚相差不多，經過粥攤的時候，六騎停了下來。

男子抽了抽鼻子，接著揮了揮手，身後一人翻身下馬，硬生生湊了過來，看了一眼道：「我家少爺餓了，先盛碗粥，再來只雞腿。」

雞是現烤的，襲人烤製的，專門為林楚準備的。

雨下青看了他一眼，喝了一聲：「那是我家少爺的，這兒只有粥，要是想吃就到後面排隊，否則就滾遠點！」

「放肆！」這名健壯的男子揮鞭，直接抽向雨下青的臉。

一側的丁武身子一晃，直接站到了雨下青的面前，伸手握住了馬鞭，伸手一拉，男子向前撲來，丁武一鬆手，大手拍到了他的後背上，將他拍倒在地。

那名領頭的男子一怔，挑了挑眉，翻身下馬，惡狠狠盯著一側的林楚，他自然看出來了，他才是領頭的人。

「在青湖城，敢和我們鄧家為敵的人不多，我是鄧家的鄧明，打了我的人，那就得付出代價，把你的這個侍女讓出來！」

男子指的是晴雯，眼光很不錯，只是林楚卻是鬆了口氣，不是青湖城楊家的人就好。

他盯著鄧明，笑著說道：「我還以為是楊家的人呢，沒想到一個沒聽說過的鄧家也敢這麼囂張，滾遠點！」

鄧明一怔，揮了揮手，身邊的幾人衝了過來，撞到了排隊的幾人身上，其中兩人倒在地上，一時起不來，明顯受了傷。

丁武向前邁了一步，伸手拍了幾下，轉眼間就打倒了幾人，幾人甚至都沒有走到林楚的面前。

眼前只餘下鄧明一個人了，林楚笑笑，起身走到他的面前，伸手拍向他的臉，他嚇了一跳，退了一步，大聲道：「你要幹什麼？」

「你的膽子也不大！怎麼，撞了人，總得賠償吧？我呢，沒興趣揍你，但你得賠償。」

林楚哼了一聲，一臉飛揚，總有些二世祖的味道。

鄧明咬了咬牙，丟下了一百兩銀子，用腳踢了踢地上躺著的幾人，轉身就走。

幾人跟著爬了起來，丁武下手不重，沒有想著殺人，所以幾人還能動。

一行人這一次沒有再敢撞人，避讓開來，接著策馬而去，有些灰溜溜的，鄧明甚至都沒有問過林楚的名字。

這也是林楚第一次見到這樣的紈絝子弟，在躍山城的時候，他並沒有見到。

當然了，在躍山城之中，其實他就是最大的紈絝了，沒有人比他更厲害。

受傷的兩人，林楚沒有把一百兩銀子直接交給他們，那就相當於是在害他們。

他吩咐了一聲，讓人帶著兩人入城，他們還都帶著家人，除了他們，還有父母、兄弟，只不過幾兄弟竟然都沒有成親。

入城的時候，林楚和餘下來的難民也分開了，每人分了一斤大米。

林家的馬車，又有躍山城發的路引，再加上林楚還是秀才的身份，也沒有人查驗就放進門了。

整個江南來青湖城的人並不少，多數都是趕考的秀才，只是大部分人都住進了客棧。

林家在青湖城有宅子，就在內城的中心位置，林楚一路進了莊子，莊子中的護衛過來見了禮。

雨下青接管了莊子，身為管家，他做事自然比護衛要強太多了。

嚴川則是接管了護衛，這些事情，林楚也不去管，相信以雨下青和嚴川的能力，要處理好這些人並不難。

兩名大丫鬟進了後院，收拾起了行李，林楚在青湖城要住上不少日子，總得處理好他的起居。

林楚在前院中見了見帶過來的兩家人，坐在椅子上，他輕輕道：「把你們帶進青湖城，主要是為了你們的安全。

之前你們也知道，鄧家的人補償了你們一百兩銀子，一家五十兩，如果在城外給了你們，以當時的情況，你們留不住。

到了城裡，現在就安全了，我這兒也為你們準備了二十兩銀子，你們一家七十兩銀子，收下吧。

這件事情就算是結束了，你們可以在青湖城做點小生意，只要勤奮，應當可以養活一家人了。」

「多謝林少爺！」所有人同時跪下行禮，磕了頭。

林楚擺了擺手，陸秋水輕輕道：「少爺累了，你們可以退下了，我送你們出去……銀子拿好。」

一行人起身離開，林楚揉了揉額角，門外又傳來一陣的腳步音，那名男子帶著十歲的女孩走了進來。

兩人跪在了地上，面色有些蠟黃的男子輕輕道：「岳榮見過少爺，這是小女岳秋意，多謝少爺收留。」

「你以前是做什麼的？」林楚問道，目光落在岳榮的臉上，很淡然。

岳榮應了一聲。「小人從前是南晉國城梧州的一名掌櫃，開了一家胭脂鋪，只是鋪子被人給占了，這才不得不逃亡。

南晉有些亂，前段時間，南晉最強的血甲軍中的一支受到誣陷，一千人被殺了，逃出去了一些人。

皇上受人蒙蔽，已經殺了很多忠良之士，宮中妖妃殘害忠良，就連皇后都受到了冷落，再加上江湖人越發強盛，所以落草為寇的人也多了起來，百姓並不好過。」

「岳榮，你當過掌櫃，那麼有沒有信心重新把店開起來？」林楚輕輕道。

南晉的事情，他並不瞭解，而且和他的關係也不大，他並不想關心。

岳榮點頭。「小人行商還是有些經驗的，不會辜負了少爺的期待。」

「既然這樣，那你去金陵吧，在那邊開家店，專營香皂、鵝毛筆、鏡子，還有水晶瓶子，這都是稀罕物，價錢不低的。」

林楚輕輕道，接著和岳榮說了說行商的一些手段。

他說的手段是他前一世的手段，那個年代，商業發達，他賣的是獨一無二的東西，沒有競爭，這本身就是優勢。

店鋪裝修一定要奢華，再者就是面積要大，請的人也要好好培訓，身上最好要有一些讀書人的儒雅，卻又要有店小二的謙卑。

林楚說了很多，岳榮聽得認真，呆了呆，這些手段他聞所未聞，但心中卻極是認同。

這絕對是頂尖的策略了，他收緊心神，一一應著，準備回去記載下來。

岳榮見識也不錯，林楚賜了座，兩人聊了半個時辰後，林楚給了他一萬兩銀票。

「你去金陵買間鋪子，要大一些，不過一個人去並不安全，府裡的護衛，我派四人護著你一起去。

一會兒我再寫封信送到羅山城，以後會有人給你供貨的，林家的鋪子遍及江南，但在金陵城卻是沒有。

你去了之後，也不要用林家鋪子的名字，換一個新名字，就叫『石頭居』吧，一萬兩銀子應當是足夠了。」

林楚輕輕道，岳榮點了點頭，起身行了一禮，這才轉身離開。

他並不擔心岳榮貪了他的銀子，畢竟他會派人在路上盯著，林府的護衛是林青河安排的，都是林家老人，忠誠方面是沒有任何問題的。

而且再說了，岳榮的女兒還在這裡，他能當街下跪送女，說明還是心有善念的，林楚很放心。

「少爺，奴兒以後會好好伺候少爺的，還請少爺賜名。」一側站著的小女孩輕輕道。

林楚看了她一眼，既然晴雯和襲人都有了，那就將《紅樓夢》用到底吧。

他看了她一眼，想了想道：「妳就叫平兒吧……現在到後宅去，聽晴雯的安排就好了。」

「謝少爺！」平兒應了一聲，轉身就走。

其實他用了曹公取的名字，也是有道理的，比如說是晴雯，也符合原著的一些描寫。

「水蛇腰、肩刨、挑身，星日不足精，花月不足其色。」

等等諸如此類的描寫很多，他身邊的晴雯姿色更勝一籌，標準的水蛇腰，臀兒滾圓，一切都很完美。

林楚笑笑，把陸秋水叫了進來，她現在算是他身邊的護衛，隨時接受他的傳喚。

安排她去找雨下青，為岳榮安排四個人，和他一起去金陵，同時安排四匹馬。

做好事情，他逛了逛院子，以他的現在的體力，倒是不覺得累。

宅子很大，還有荷池，裡面養著錦鯉，後院也大，環境也是極為幽靜。

夕陽西下的時候，林楚帶著陸秋水、襲人一起出去，準備逛逛青湖城，這可是江南的省城了。

街上的人不少，華燈初上，路邊的生意倒是不錯。

林楚仔細看了看，楊家的店不少，主要是賣布的，畢竟楊家的布還是很有名的，但楊家在青湖城之中，也經營糧店。

除了糧店之外，還有成衣店、車馬行，更是有賣馬的地方，偶爾會有林家的糧店、謝家的茶店，還有楚家的酒肆。

鄧家的鋪子竟然也不少，林楚不知道鄧家的情況，於是就進了謝家的茶店。

謝家的茶店雅致，但要說到吸引人，卻是不及後世的那些手段，比如說是功夫茶具，還有泡茶的姑娘，再加上古琴助興之類的。

林楚看了看，這兒的茶也不算多，就只有四五種，除了龍井之外，還有白茶、碧螺春、君山黃茶，還有一款大紅袍。

看到大紅袍的時候，林楚怔了怔。

掌櫃是一名四十多歲的男子，迎了過來，微微笑道：「公子想要買什麼茶？」

「大紅袍來一份。」林楚輕輕道。

掌櫃取了一包茶葉遞了過來。「公子，這是最頂尖的大紅袍，三兩茶，三兩銀子。」

價格真是不便宜，林楚暗嘆了一聲，放下了三兩銀子。

抬眉看了一眼掌櫃，林楚笑著問道：「掌櫃，你知道青湖城鄧家嗎？」

「鄧家？」掌櫃一怔，接著也笑了笑，應道：「當然知道了，鄧家在青湖城是大族，經營著筆墨紙硯，在青湖城獨一份。

鄧家的硯臺江南有名，深受金陵城許多官員的喜歡，還有那些才子也很喜歡，所以鄧家名聲很高。」

林楚一怔，鄧家果然厲害，只不過他還是不在乎，林家在江南屬於四大豪族之一，他還是躍山城太守的外孫，方方面面的人總是要給他點面子的。

離開時，林楚在街上走了走，經過一處酒樓時，他帶著陸秋水和襲人走了進去。

本來他想帶著晴雯的，但她要管教平兒，又要安排後宅的事情，所以離不開身，畢竟晴雯的能力比襲人要強很多。

酒樓一共兩層，林楚進門時，目光掃了掃，一樓的人很多，基本上坐滿了。

小二把他引入了一側，陸秋水挑了挑眉道：「我們不能上二樓嗎？」

「自然可以，只不過上二樓的消費不低於五兩銀子，而一樓沒有任何限制。」

小二微微一笑，林楚一怔，這家酒店的生意真是不錯，這麼看起來，口味應當也是不錯的。

念想的時候，他轉身走向二樓，一邊走一邊問道：「小二，你們的東家是誰？」

「自然是楊家！」店小二有些驕傲地說道。

林楚沉默片刻，楊家果然是豪族，酒樓竟然也有經營。

在二樓坐下，林楚讓襲人和陸秋水也坐下，兩人說什麼也不肯，陸秋水很直接，說是身份有別。

林楚認真道：「吃飯的時候就不講究了，你們都是我的身邊人，所以坐下吧。」

襲人倒是習慣了他的做事方式，直接坐下，陸秋水這才跟著坐下。

林楚點了七八個菜，安排小二上菜。

二樓的人並不多，只有十桌左右，很空，畢竟五兩銀子並不是普通人家能負擔得起的。

青湖城的水產更多，全是湖產食物，像是清蒸白魚、油爆蝦、蒸蟹，還有燉甲魚等。

一共八道菜，三個人吃得很是盡興。

窗子開著，風吹進來，泛著潮濕，這應當就是青湖的氣息，驅走了幾分的暑意。

林楚的飯量的確是變大了，他吃得最多，其次就是陸秋水。

放下筷子的時候，陸秋水看著林楚，輕輕道：「少爺食量不小，看起來應當是要長身體了，也在長力量。」

林楚笑笑，沒說話，扭頭看向一側。

身後一桌，有人在聊著天，說著鄧家的事情。

「鄧明那個傢伙今天吃了虧，回家哭訴，鄧家暗中調查了這件事情，最後卻是不了了之，甚至還約束著鄧明不要出門。」

「這件事情我也聽說了，看起來，鄧明惹了不能惹的人，難不成是楊家的人？」

「不可能！楊家的人就那些，鄧明不可能不認識，所以一定不是楊家的人。」

「我聽人說，似乎明天鄧家會親自去見這個人，到時候自然就知道了。」

聽到這裡，林楚怔了怔，鄧家沒有找他的麻煩，看起來應當是知道了他的身份，或許明天他們還真是會去林府。

第八章

詩

楊家酒樓的廚子的確是很不錯的，林楚都有點動了心思。

如果能將這樣的廚子挖過來，他也可以開家酒樓了，只不過楊家的人，他不想動。

青湖城的夜很熱鬧，而且也沒有宵禁，所以外面還是有不少人的，尤其是青樓之中，歡歌笑語不斷。

林楚卻是已經躺下了，懷中抱著晴雯，聞著槐花的香味，有些醉，這不比青樓強多了？

晴雯也不像是從前那麼害羞了，畢竟陪著林楚的時間也長了，次數也多了，她也就適應了。

「少爺，我已經二十一了。」晴雯幽幽怨怨地說了一句。

林楚笑笑，抱緊她，輕輕道：「妳之前已經說過一次了……不管怎麼說，妳和襲人總是為我溫床，所以肯定就是我的貼身大丫鬟了，身份不同了。

等著鄉試之後，我就正式收了妳入門吧，總得開了臉；往後呢，妳就算是妾室吧，後宅的事情目前就由妳來打理。」

「謝謝少爺！」晴雯很開心道，抱得他緊緊的。

林楚看了她一眼，臉埋在她的髮絲間，深深吸了口氣，親了親她的唇。

柔軟、香膩，林楚覺得有些醉。

晴雯的心結消失，整個人變得有些不一樣了，醒來的時候，她已經起來了，正在收拾著衣服。

光滑的後背一片雪白，水蛇腰當真是細到極盡，一掌可握。

林楚的目光落在她的背上，伸手撫了撫，晴雯一驚，扭頭看來，看到他時，笑了笑。「少爺，我為你更衣。」

襲人從外間走了進來，主動為林楚更衣。

她現在變得越來越精緻了，這幾個月也長開了些，身上的衣服都是絲綢的，讓她越發漂亮了幾分。

上午的時候，鄧家果然來人了。

林楚讓陸秋水將人引入了前廳之中，鄧家派了兩個人過來，來的是鄧家長子鄧子安，還有就是鄧府的大管家鄧周。

這已經算是很重視林楚了，畢竟以他的身份，不可能讓鄧家的家主親自過來見他。

「子安兄請坐，不知有何指教？」林楚抱了抱拳，一臉溫和。

鄧子安笑了笑。「林兄，舍弟鄧明不懂事，惹怒了林兄，我過來道個歉，這件事情，是鄧明的不是，但我們鄧家還是很想和林兄交好的。」

「那件事情，其實我早就放下了，無非就是一點小小的摩擦而已。」林楚笑笑，很客氣。

鄧子安對著管家鄧周使了個眼色，鄧周送上了幾樣東西，硯臺、墨錠、宣紙，還有毛筆，一大堆。

「林兄，我們鄧家是做筆墨紙硯的，這方硯臺是我們家珍藏的，林兄這次鄉試，正好用得上。

還有筆，這是狼毫所制，一共有十支筆，林兄可以慢慢用……對了，我聽聞躍山城出了一種鵝毛筆，極是好用，為林兄所製，下次一定去見識一下。」

鄧子安輕輕道，林楚點了點頭。「子安兄喜歡，我正好帶了幾支過來，這就讓人取過來就是了。」

陸秋水對著一側吩咐了一聲，有人回身進了後院去找晴雯了。

拿到鵝毛筆的時候，鄧子安仔細看了看，研究了一番，寫了幾個字，但卻並不是很適應，他不由讚了一聲：「真是巧妙！

林兄當真是厲害，這樣的構思突破了從前的束縛，這樣的筆用起來更加方便，而且寫字似乎也要快一些。」

「無非就是討巧而已！子安兄，這兒有十支筆，還請你收好，日後去躍山城時，我一定多送一大批給你。」

林楚輕輕道，鄧子安一怔，接著抱了抱拳。「多謝林兄！鵝毛筆聽說賣得極貴，這還有三支筆的筆管竟然是鑲金的，多謝林兄了。」

「有來有往才是朋友。」林楚點了點頭。

鄧子安笑了起來，和林楚聊了一會兒，這才起身離開，甚至還約了明日一起吃飯，這一次不是在楊家的酒樓中，而是在鄧家酒樓。

鄧家也有酒樓？

林楚想了想，覺得這才是最正常的，只是不知道林家在躍山城有沒有酒樓。

回到書房時，陸秋水端著鄧家送來的東西。

硯臺石質很純，沒有任何雜質，兩側還雕刻著花紋，石質入手微涼，應當是一方好硯。筆也不錯，只不過林楚還是收了起來，鄉試的筆墨與硯臺，他已經準備好了。

提起筆，他在宣紙上寫了幾個字：「石頭居」。

他寫的是顏體，厚重大氣，相當漂亮，想了想，他把平兒喚了進來。

平兒進門時，林楚怔了怔，她收拾得很乾淨，盤著頭髮，一身綠色的裙子，一看就是丫鬟的裝扮，整個人倒是相當秀氣。

「少爺喚平兒有事？」平兒行了一禮，有點腔調了，就是年紀太小，所以看起來以可愛居多。

林楚應了一聲。「把這副字交給二管家，讓他安排人送去金陵，交給岳榮，做成新鋪子的牌匾吧。」

「是，少爺。」平兒應了一聲，俏生生地轉身。

林楚看著她的身影，想了想，希望這次鄉試能夠順利結束。

只不過他對當官的熱情真不濃厚，將來就算是中了進士，他也沒什麼興趣在京中任職，如果能當地方官，他還是希望回到躍山城。

離家近一些，少做點事，總之就當個二世祖，那也是極好的。

第二日去見鄧子安的時候，鄧明也在，一臉笑容，和林楚打著招呼。

鄧家的酒樓也是相當不錯，菜色也好，讓人有些讚嘆。

「林兄，青湖城來了不少的士子，其中不乏才華橫溢的人，但在我的心中，他們比林生差得太多了。

最近幾日，有人組織了詩會，就在三日之後的梧桐院舉辦，一邊交流詩作，一邊討論一些策論的事情，只求能讓部分秀才得到一些啟發。」

鄧子安輕輕道，接著話鋒一轉：「林兄也是秀才，不如去看看？」

「沒有什麼興趣。」林楚搖了搖頭，接著問道：「子安兄應當是舉人了吧？」

鄧子安搖頭。「很慚愧，不瞞林兄，以我的真實水準，我連秀才也中不了，這還是借著家裡的一些關係。

之前我也考過一次舉人了，但沒中，這種關係就左右不了鄉試了，所以今年我也得接著考，算起來，我與林兄也算是同窗了。」

林楚一怔，鄧子安應當比他大個四五歲，但同一批的考生，算是同一位監考官門下，所以說是同窗也不為過。

思考的時候，他扭頭看了鄧明一眼，鄧明乾巴巴笑了笑。「林兄，我連秀才都不是呢，明年接著再考。」

林楚點了點頭，心中卻是有些奇怪，這個時代，竟然有這麼多人都想走科舉之路啊，就沒有人想著當武將嗎？

梧桐院在青湖城相當有名，是楊家捐出來的，很大，平時士子們在此交流，還留有不少人的墨寶。

平時打理梧桐院的是青湖城有名的才女寧小姐，她並不是青湖城的人，而是來自於金陵，只不過她的外公在青湖城，所以她每年都會來住上半年。

這些事情，林楚肯定是不知道的，這還是鄧子安介紹的，但他還是不打算過去。青湖城對於他來說就是一個路過的地方，他還是想在羅山城生活。

鄉試會考三場，每場三天，一共九天時間，從四書五經到策論，再到詩賦。

林楚翻了翻四書五經，就是複習一下，對於他來說，這種從小學到大的書在理解方面的問題不大，反正抄前一世的那些名家點評就是了。

不過他擔心背不出來，就從頭複習。

好在他的記憶似乎變強了，和從前總有些不一樣了，複習起來也快。

三天之後，林楚坐在書房中看書時，平兒走了進來，行了一禮。「少爺，晴雯姐讓我來通知少爺，鄧家來人了。」

「鄧家？」林楚怔了怔。

平兒應了一聲。「就是上次來過的那個鄧子安。」

林楚想了想，起身走了出去，鄧子安果然坐在前廳中。

「林兄，一起去梧桐院吧，林兄是真有才華的，我去了底氣不足，需要林兄撐腰，不如就坐我的馬車一起去？」

鄧子安笑咪咪道，林楚一怔，接著想了想道：「那就去看看吧，我坐自家馬車就行了。」

出發的時候，林楚帶著陸秋水一起，驅車的是丁武。

林楚揉了揉額角，這是被鄧子安硬生生拖了過來，可是這種詩會，他又不是什麼詩仙之流，哪會做什麼詩？

只不過多認識一點人也是好的，這都是人際關係，萬一有人能和他一起通過鄉試，那麼就可以互相扶持，畢竟都是江南考出去的人，自是要親切一些。

梧桐院不在青湖城的中心位置，相對偏一些，就在青湖邊上。

馬車停在湖畔處，林楚下車，陸秋水陪著他入了院，丁武則是守在馬車邊上。鄧子安的車夫也守在馬車邊上，三人進了院子。

進院時還要驗明身份，但鄧子安身為鄧家長子，青湖城中認識他的人很多，很順利就入了院。

梧桐院中的人不少，多數都是書生，聊著的都是此次鄉試的事情，很多人還都猜了試題，紛紛討論著。

也有人在討論著新寫出來的詩，林楚聽了聽，一點興趣也沒有，以他讀過唐詩三百首的水準，倒也知道寫詩的水準。

鄧子安陪著他逛了逛，就和一群相熟的人聊天去了，林楚看了看，抬頭看了一眼天色，實在是有些熱。

他想了想，坐到了一側的樹林中，這兒不少大樹，遮雲蔽日，他順勢躺在草地上。

陸秋水坐在他的身邊，輕聲問道：「少爺不去和士子們多聊聊？讀書人在一起，將來入了官場，也能互相有個扶持。」

「本來我過來的確是為了認識些人，但看了看之後，卻發現沒什麼意思，迂腐的人多了，一點也無趣，還是躲著乘涼吧。」林楚輕輕道，瞇著眼，看著枝葉之間落下來的斑駁陽光，輕聲說道。

陸秋水一怔，接著笑笑。「少爺的確是比那些人要厲害多了，我覺得少爺肯定能中頭名。」

「那就借妳吉言。」林楚應了一聲，笑笑。

一側傳來腳步音，一名男子的聲音響起：「這天氣真是熱啊，還是躲在這兒乘涼比較好，那群傻子還真是只知風流，非得在大太陽底下聊天。」

「無非就是想在寧小姐面前表現而已，想要引來寧小姐的注意。」又一名男子的笑聲傳來，聲音有些厚重。

林楚扭頭看去，兩名男子走了過來，看到林楚時不由怔了怔。

領頭的一名男子很英俊，那模樣不在林楚之下，就是矮了些，也就是一米六八左近。

另一名男子身形高大，國字臉，差不多有一米七八，看起來雖然並不英俊，但卻很正氣，眸子很亮。

「原來還是有聰明人的。」英俊的男子湊了過來，有些自來熟，坐到了林楚的一側，接著抱了抱拳道：「在下謝廣海，臨山城人。」

一身正氣的男子抱了抱拳，坐下，沉聲道：「在下曾洪盧，也來自臨山城。」

林楚還在那兒躺著，聽到兩人介紹，他這才坐了起來，回應道：「林楚，來自躍山城。」

「你就是林楚？」謝廣海打量了他幾眼，一臉異樣。

林楚一怔。「怎麼，我的名聲已經傳到了臨山城？」

「不是這個意思，你是躍山城林家的人吧？我是謝家的人，林員外曾經到臨山城謝家求親，為你向家姐求親。」

林楚呆了呆，皺了皺眉頭。「你是謝湘寧的弟弟？」

林青河去臨山城向謝家求親，這一點林楚知道，求親的女子就叫謝湘寧。

「姐姐拒絕了這門親事，我們家情況有些不同，我姐是個主意很大的人，我父母也不能強迫她。

現在家裡的生意，很大一部分都是我姐在打理，她說過，必須要找一個自己喜歡的男子，否則寧可不嫁。」

謝廣海一臉飛揚道，眸子裡有些驕傲，下一刻，他笑咪咪道：「早知道林兄是這樣的聰明人，我也會勸勸姐姐的。」

「從哪兒看出來我是聰明人了？」林楚覺得有點好笑。

謝廣海嬉皮笑臉。「這麼熱的天，林兄一個人躲在樹下乘涼，真是瀟灑，而且也沒和那些傻子一樣，到處結交人，這就是聰明。

想要結交一些有用的人，這本是好事，但前提得是有用的人，他們結交的明顯就是一些傻子，又有什麼用？」

「你還真是一個不一樣的人。」林楚聳了聳肩，心裡倒是覺得謝家應當是不錯的，還能培養出這麼有趣的人。

一側的曾洪盧微微笑著，很平和，林楚看了他一眼，又躺下。

「曾兄也是來參加鄉試的嗎？」

「這是我第一次參加鄉試，林兄也是第一次嗎？」曾洪盧問道。

林楚點了點頭。「是第一次。」

話音剛落，外面傳來一陣的歡呼音，謝廣海笑咪咪道：「看起來，寧小姐出來了，這些傻子還真是的，總以為寧小姐會看上他們這樣的人。」

「寧小姐是什麼人？就算是在京城金陵中也是一等一的才女，還能看上那些傻子？」

謝廣海哼了一聲，曾洪盧在一側應了一聲。「這次來的才子也不是沒有，江南四大才子或許有點機會。」

「也只是有點機會而已，他們已經中了舉，過了年參加會試，等中了進士再說吧。」謝廣海說道，這一次倒是沒有什麼不屑，看起來這江南四大才子還是有些水準的。

林楚躺在那兒，揚著眉，眉宇間很平靜，陸秋水在一側遞了一個水果盆過來，盆裡裝著的是切成了塊的西瓜，還加了冰塊，夏日解暑特別合適。

陸秋水雖然是六品高手，但在林楚身邊的時間長了，倒也會一些伺候人的事情。說起來，跟了林楚之後，她的日子過得也是很安逸的，所以對於林楚，她的心中自有感激，也是盡心盡力的。

謝廣海和曾洪盧的眼神直了，並不是因為西瓜，而是這是一個玻璃果盆，通透無比，沒有雜質。

這樣的盆價值絕對不菲的，單單一個盆就能賣上數百兩銀子，甚至是上千兩銀子，而且根本就買不到。

「林兄，這是水晶做出來的盆？」謝廣海問道，目中火熱。

林家的鋪子也是賣著玻璃製品，但只有鏡子，偶爾會有水晶球，這種果盆並沒有賣。

曾洪盧也讚嘆了一聲：「真是絕了，只是用水晶盆來盛水果，恐怕世間只有林公子一人了，這可是寶物啊。」

「一個果盆而已，回頭我送你們一人一個。」林楚毫不在意地揮了揮手。

謝廣海頓時如果打了雞血一般，認真道：「林兄大氣，改天來臨山城，我請你逛青樓，我們臨山城的花魁可是江南有名，那是真漂亮。」

「林兄，如此重禮，我受之有愧啊，回頭我也送林兄一件家中藏寶。」曾洪盧也認真道。

林楚正要說話時，外面傳來女子的聲音，正在吟詩，這是一首小律，倒是相當出色。

謝廣海和曾洪盧側耳傾聽，片刻後同時點頭，謝廣海誇讚了一聲：「寧小姐果然是才女，真是厲害，那些傻子哪有資格靠近她？

對了，林兄，等我回臨山城的時候，我一定勸勸家姐，像是林兄這樣的青年才俊，一定有一個不俗的未來，家姐能嫁進林家自然是好的。」

「免了，我這個人不喜歡去強迫別人。」林楚擺了擺手，一臉散淡。

外面傳來才子們做詩的聲音，林楚聽了幾句，覺得有點受不住。

有人還算是不錯，但也有人做出來那種狗屁不通的詩句，林楚有些受不住。

外面的人不少，其中有一人扭頭看來，目光落在樹下，看了林楚幾人一眼，指著謝廣海，笑了笑道：「盛夏蟬鳴惹人煩，林下雞走裝才子。」

這句詩頓時惹怒了謝廣海，他跳了出去，大喝了一聲：「你說誰是雞呢？范二傻，你會做詩？」

曾洪盧趕緊跟了出去，陸秋水輕聲問道：「少爺不出去看看？」

「走吧，去看看，謝廣海這人不錯，曾洪盧也不錯，倒是值得交個朋友。」林楚回應，跟著起身。

外面的所有人圍在一外小湖邊，只是那位寧小姐卻是坐在小湖中間的亭子裡，身邊跟著兩名侍女。

她一身白衣，臉上也蒙著白色的面巾，整個人身形修長，雙手如玉，那種貴氣相當引人注意，很美，也很有氣質。

四周的男子不少，謝廣海就在一側，指著一名年輕的男子點了幾下。

男子的身邊有一名護衛，此時甩了甩手，袖子裡滾出幾顆果子，似乎是杏子，朝著謝廣海的臉上落去。

陸秋水的臉色一沉，邁了一步，站到了謝廣海的身邊，袖子甩了甩，動作很輕柔，所有的杏子都落入了她的袖子之中。

這一幕很快，並沒有人看得清楚，就連謝廣海都沒有注意到。

那名男子身邊的護衛卻是怔了怔，目光掃了陸秋水一眼，目生懼意，陸秋水沒有理會，退了幾步，又回到了林楚的身邊。

林楚站到了謝廣海的身邊，此時寧小姐的聲音響起：「諸位，這是詩會，吵架總有些有辱斯文，幾位還請安靜。」

謝廣海這才退了一步，不甘地瞪了那名男子一眼。

下一刻，他湊在林楚的耳邊，低聲道：「這是躍山城范家的人，這個人是范家老二，叫范長青。

范家不是商賈之家，范長青的爺爺曾經是吏部侍郎，已經退了，還活著，他的父親在禮部任職，一名四品官。」

林楚點了點頭，寧小姐的聲音響起：「諸位還有詩作嗎？」

謝廣海看了林楚一眼，低低和他說了幾句話，示意他寫詩，但林楚搖頭，接著在謝廣海的耳邊說了幾句話，他的眼睛一亮。

「范老二，我送你一句詩：爾曹身與名俱滅，不廢江河萬古流。你這樣的熊人，罵人也是粗鄙的。」謝廣海揚聲道。

寧小姐一怔，扭頭看來，揚聲道：「這位公子這句詩當真是妙，不知是哪家公子？」

「在下臨安城謝家謝廣海！」謝廣海揚著眉，開心道。

能被寧小姐問到名字，那是很有面子的事情。

寧小姐點了點頭。「我記下了，只是這詩只有這樣一句，似乎並不完整，倒是可惜，希望謝公子回頭能補全。」

謝廣海應了一聲，沒再說什麼，只是拱了拱手。

林楚看著遠處的寧小姐，這的確是一個美人，只不過他也沒什麼心思，於是對著謝廣海使了個眼色。

謝廣海湊到他的身邊，他說道：「走吧，這兒沒什麼意思，我們出去找個地方喝酒去，就去鄧家酒樓好了。」

「好，我叫著曾洪盧，我們一起走。」謝廣海點頭，拍了拍一側曾洪盧的胳膊。

三個人同時離開，擠出了人群，也不在乎其他的了。

寧小姐遙遙看了一眼，看到三人的身影時，怔了怔，接著揚聲道：「謝公子不如再寫一首詩再走？」

「多謝寧小姐關心，其實我真不會寫什麼詩，剛才那句詩也不是我寫的，是我身邊的林兄寫的。」謝廣海笑咪咪道。

林楚嚇了一跳，扭頭瞪了他一眼，他迎著林楚的目光，眨了眨眼睛。

寧小姐揚聲道：「還請林公子寫首詩吧。」

「寧小姐，寫詩需要的是機緣，其實我也沒有什麼天分。」林楚邁了一步，回覆道。

寧小姐擺了擺手。「林公子可以試試看，現在是盛夏了，就寫寫夏天的詩吧。」

林楚也不理會，對著她行了一禮，直接拒絕了。

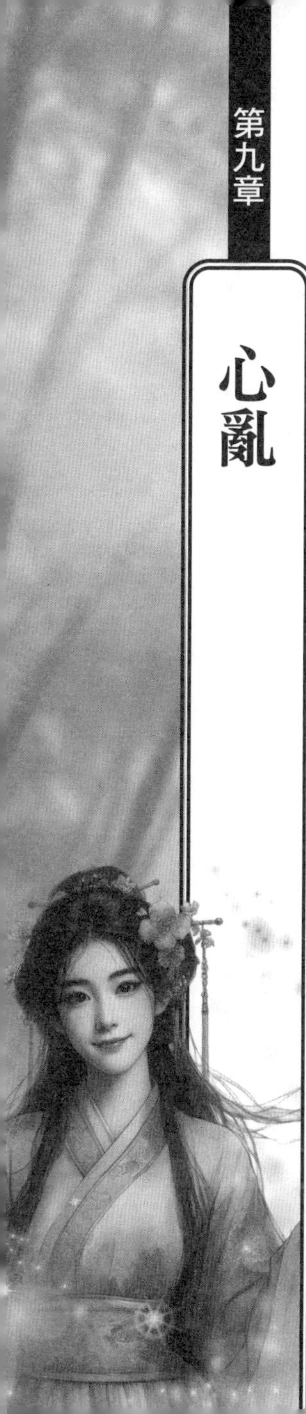

第九章

心亂

林楚哪裡會寫詩？雖說他可以剽竊，但在這種場合太過出挑，還是得低調一些，畢竟他能記得的詩都是千古名詩了。

寧小姐揚聲道：「林公子，梧桐院有規定，若是詩詞入選展示堂，會獎勵樂器一件，林公子不妨試試，這一次應當是一件琵琶。」

一側一名胖乎乎的男子目光落在林楚的身上，男子個頭不高，不到一米七，眼睛倒是不小，整個人白白胖胖的。

他站在人堆之前，一身白袍，看起來總有些不倫不類。

「林楚？躍山城林家的人？就是一個酸腐秀才而已，哪裡會寫詩了？」白胖的男子哼了一聲，接著笑咪咪道：「林楚，聽說你被玉山賊給綁了，用了不少糧食才換回來了，怎麼樣，沒吃虧吧？」

「你是什麼人？」林楚應了一聲，接著也笑咪咪道：「生得白白胖胖，看起來就像是出身大戶人家啊。」

白胖男子一怔，張著眼睛瞪著林楚，喝了一聲：「你說我胖？我胖嗎？我不胖不瘦，玉樹臨風，不帥嗎？」

「看不出帥來，只能看出胖！」林楚一本正經道。

一側的謝廣海湊了過來，低聲道：「林兄，那是楊家的人，青湖城楊家，極為強盛的家族，這座宅子也是楊家買下來的。」

白胖男子喝了一聲，指著林楚，大聲道：「林楚，你這種人會寫詩嗎？」

「怎麼，我要是會寫詩，難不成你會送我幾件什麼好東西？」林楚笑笑。

白胖男子也笑笑，揚聲道：「你要是會寫詩，我在梧桐園中房中的東西任你挑走兩件，要是你寫不出來，那就把你身邊的那個丫鬟給我怎麼樣？」

林楚一怔，臉色有些陰沉，楊家的人也知道了他的丫鬟，看起來這是鄧明說出來的。

人群中，鄧子安的臉色也有些陰沉，林家在江南屬於四大富商之一，與楊家在伯仲之間，鄧家好不容易與林楚交好，日後總有合作的機會。

沒想到的是，鄧明竟然把這件事告訴了楊家，這讓他不知道怎麼面對林楚了。

「我的丫鬟不可能成為賭注，這輩子，她只能是我的人！」林楚揚聲道，接著喝了一聲：「我要是輸了，給你一萬兩銀子！」

「好！」白胖男子應了一聲。

寧小姐抬起頭來，看了林楚一眼，目生異樣。

林楚揚聲道：「寧小姐以盛夏為題，那麼，陸姨，為我研墨，我來寫詩。」

陸秋水走到了一側，為林楚研墨。

這種詩會，自然有準備筆墨紙硯，陸秋水的手很巧，別看她不年輕了，但手還是一片雪白細膩，這與她的武功分不開。

她是頂尖的暗器高手，手特別巧。

林楚深吸了一口氣，提筆寫字。

「窗間梅熟落蒂，牆下筍成出林。連雨不知春去，一晴方覺夏深。」

放下毛筆，林楚鬆了口氣，謝廣海揚著眉，拿起宣紙，大步走向一側的亭子，一名侍女迎了過來，接過謝廣海手中的宣紙。

這樣的場合，宣紙是鄧家出產的最頂尖的一種紙，墨與筆也都是最好的。

寧小姐看到字的時候，一怔，再看著詩句，秀氣的柳眉揚著，目光中有些異樣。

字很飛揚，林楚寫了行書，有王珣之風，這是他當年一直臨摹《伯遠帖》練出來的，《伯遠帖》算是他最喜歡的字帖之一了。

「好詩！好字！」寧小姐讚嘆了一聲，接著抬眉看了林楚一眼道：「林公子真是厲害。」

說到這裡，寧小姐讓身邊的侍女將林楚的字掛了起來，所有人都能看到。

四周有人發出讚嘆聲，白胖男子咬了咬牙道：「我覺得寫得一般，六個字一行的詩，讀起來並不美，所以這不算是會寫詩。」

笑聲響了起來，謝廣海揚聲道：「你這是在質疑寧小姐的眼光嗎？」

「寧小姐才華橫世，我自然不會質疑小姐的眼光，只是這首詩不足以讓我佩服。」

白胖男子哼了一聲，林楚笑了一聲。「這麼說，不管我寫多少詩，你都是不會服氣的，也不會認輸是吧？」

「那不會，只要你再寫一首讓寧小姐稱讚的詩，那我就服氣了。」白胖男子揚了揚眉。

林楚深深看了他一眼，接著點頭。「好，陸姨，研墨。」

陸秋水繼續研墨，林楚想了想，再次提筆寫字。

「黃梅時節家家雨，青草池塘處處蛙。有約不來過夜半，閒敲棋子落燈花。」

寫完之後，謝廣海再次將宣紙送到了寧小姐那邊。

寧小姐看了一眼，微微一笑，讚嘆道：「好詩！充滿閒趣，當世之中，這首詩可在寫夏詩文中列入第一。」

這個評語可謂是極高，林楚扭頭看了白胖男子一眼，微微一笑。

「你若是還不服氣，那就算了，反正丟人的絕對不是我。」林楚直接轉身就走。

白胖子攔住了他，一臉陰鬱道：「我認了就是，你去我房中取兩樣東西，我就不去了，我讓人帶你去。」

林楚微笑，跟著他的一名下人向院子的一側走去。

梧桐院的確是很漂亮，白胖子住在外院裡，很雅致，有河、有魚。

宅子不小，裡面住著兩名漂亮的女人，林楚看了一眼，也不知道是白胖子的妾室還是丫鬟，但他也不理會，走入了院子裡。

下人解釋了一番，兩名女人看著林楚，目生異樣，在他的面前晃了晃。

林楚並沒有仔細尋找，只是在各處晃了晃，從院子找進了廚房，廚房裡堆著各種東西，又回到了正屋。

找了一圈，他的心中一動，轉身又進了廚房，看向一側。

廚房的角落裡堆著一堆東西，有柴火，還有筍，但他的目光落在最下面，卻是看到了一堆地瓜。

他走過去看了看，勾了勾嘴角，沒想到楊家竟然有這樣的東西，他對著身側的陸秋水說道：「陸姨，把這些東西收拾一下帶走。」

那名下人怔了怔，一臉疑惑，卻是沒說什麼。

林楚扭頭看了他一眼道：「這東西從哪裡來的？」

「林公子，我們楊家有商船出海，有一次在南海碰到了海外的商船，交易來的，就交易了三袋子，都在這兒了。

本來我們也想種的，但這東西種不出來，所以就丟在這兒了，每次煮上幾個，味道倒是不錯的，還剩下了這些。」

下人解釋了一番，林楚的心中一動。「那還交易了什麼東西？」

「還有一袋辣椒。」下人輕輕道。

林楚一怔，接著揚眉道：「還有嗎？」

「有的，在庫房之中，沒有人愛吃的，過於辛辣。」下人應了一聲。

林楚心中一鬆，這真是神物，沒想到楊家還有海上的商船，這一點還真是難得，只是最終卻是便宜了他。

地瓜裝了一麻袋，再加上一小袋辣椒，正好兩樣東西。

對於楊家種不出地瓜來，林楚也能明白，這東西是要生芽再種的，最好還是沙地。

回到前院的時候，白胖的男子有些焦急，把下人拉到一側，急忙問了幾句，下人一一應著。

說到最後，白胖子鬆了口氣，喃喃道：「我還以為他會挑走我的那兩位寵姬呢，現在看起來，他的眼光也不怎麼樣。

我的寵姬，一位可是腰細如柳，另一位可是媚術無雙，真要是折騰起來，其中的妙處如同是成仙一般。」

「林公子的詩入了展示堂，琵琶我已經準備好了。」寧小姐的聲音響起。

林楚一怔，一路走到了湖心亭中，寧小姐起身行了一禮，將琵琶遞給了他。

琵琶是紫檀木所制，一側還鑲著玉石，一看就是相當考究。

他接過來，回禮，目光掃過她的臉，雖說蒙著白巾，但隱約可以看到她的臉型，相當不錯，果然是美女。

「林公子會彈琵琶嗎？」寧小姐問道。

林楚一怔，看了她一眼，心中有點疑惑，如果他說會，那麼這位寧小姐或許會讓他彈上一曲？

可是若說是不會，是不是她就會把琵琶給收回去？

這可真是一個傷腦筋的問題，只不過看著寧小姐閃動著大眼睛，他還是點了點頭。

這玩意可以用來彈吉他的曲，雖說比較單薄，畢竟只有四根弦，但用來配樂倒也夠了。

寧小姐笑了笑。「林公子不如彈上一曲？」

「寧小姐，今日還有事，改日吧，告辭。」林楚抱了抱拳，轉身離開，沒有任何猶豫。

給這麼多人彈曲，他還真是沒有這個心思，而且再說了，楊家的那個白胖子也在，他有什麼資格聽他彈曲？

在他大步離開後，寧小姐的兩名侍女有些不忿，但寧小姐本人卻是勾著眉角，眸子裡有些異樣，低聲道：「幫我查查林公子的底細，從前怎麼就沒有名氣呢？」

林楚一路離開了梧桐院，鄧子安也跟著他離開，謝廣海和曾洪盧也都走了。

只不過他的兩首詩卻是流傳開了，所有人都很服氣。

馬車上，林楚看著兩個袋子，心生滿足，地瓜產量高，而且耐存儲，這東西可以解決糧食短缺的問題。

只不過他不可能在青湖城種植，還是應當回到躍山城種，算算種植的時間也差不多了，他得想辦法讓人種上，這是目前最緊要的事情。

想一想，以後香噴噴的烤紅薯出現在街頭，那一定可以吸引到很多的人。

到了鄧家酒樓，林楚下了馬車，四個人湊在一起，上了二樓。

謝廣海看著林楚，眉開眼笑道：「林兄，你現在算是大才子了，我姐姐那兒絕對沒有問題，以後你就是我姐夫了。」

「林兄，楊天寶知道了你丫鬟的事情，應當是鄧明說出去的，回去之後我一定好好收拾他。」鄧子安一臉愧疚，對著林楚抱了抱拳。

林楚擺了擺手。「這事和子安兄沒什麼關係，我只要知道鄧家的立場就好了。」

「多謝林兄理解，這頓我請。」鄧子安感激說道。

謝廣海卻搖頭。「那不行，我來請！姐夫幫了我大忙，我肯定得請他。」

「可是這是我們鄧家的酒樓呢。」鄧子安怔了怔。

謝廣海擺了擺手。「那也不行，這是我姐夫，不是你姐夫吧？」

「我可沒有姐姐，只有妹妹。」鄧子安搖了搖頭。

林楚的心中有些古怪，他和謝湘寧之間根本就沒有這個可能性，謝湘寧可是把他回絕了，所以這姐夫叫得讓他有點莫名其妙。

吃了飯。

鄧氏酒樓的生意不錯，林楚看著鄧子安和謝廣海爭來搶去，勾著嘴角，慢慢

散場的時候，還是由謝廣海結了賬。

幾人喝得有點多，謝廣海抱著他，一直叫著姐夫，很親熱。

回到宅子，陽光不錯，林楚想了想，在後院中把地瓜給埋下去發芽，算了算時間，三到五天之後應當可以出芽了，畢竟天有些熱了。

之後他把雨下青叫了過來，告訴他如何種地瓜，還有辣椒，準備每天都說一遍。本來他想著回躍山城的，但算算時間也來不及了，只能讓雨下青回去安排了。

林家在躍山城有上萬畝地，他算了算之後，準備種三百畝地瓜、十畝辣椒，這樣應當就差不多了。

辣椒可以做成辣椒粉，還有辣椒醬，回頭再做些羊肉串，一定可以開一家特色酒樓。

後院中，林楚洗了洗手，洗去沙塵，襲人從一側走了過來，為他擦淨，這才輕輕道：「少爺，你帶回來的琵琶似乎很不錯的。」

「應當不會差了，妳會彈嗎？」林楚問道。

襲人搖了搖頭，輕輕道：「少爺，我什麼也不會，不過晴雯會的，她正在彈曲呢。」

林楚一怔，晴雯倒真是有些才藝了。

只不過襲人說話明顯有些幽怨，他伸手捏了捏她的臉蛋道：「誰說妳什麼也不會？會溫床、會伺候人，還會燒飯，很厲害的。」

「少爺真是覺得我很有用嗎？」襲人揚著眉，一臉歡喜。

林楚點了點頭。「一定特別有用，將來還可以為我……」

聲音轉低，他湊到了襲人的耳邊，說了片刻之後，襲人的臉色一紅，只是眉角之間卻是喜滋滋的。

輕輕啐了一聲，襲人轉身離去，急匆匆的，背影初見輪廓，倒是很吸引人。

林楚哼著小曲，走入了正堂中，晴雯彈著琵琶的聲音傳來，手法不錯，當真是有一種大珠小珠落玉盤的感覺。

平兒和襲人坐在一側，雙手捧著臉，目光落在她的臉上，隱有崇拜。

林楚鼓掌，晴雯連忙起身，放下手中的琵琶，襲人和平兒跟著起身。

「繼續彈吧。」林楚笑笑。

晴雯嗔道：「少爺，你也彈一曲好不好？」

「哪有少爺彈曲給妳們聽的？」林楚伸手在她的臉上捏了一下，指尖處一片光滑。

平兒垂著頭，不敢說話，晴雯卻是知道林楚的性子，湊了過來，笑咪咪道：

「少爺，我們就是想欣賞少爺的才華呢，彈嘛……」

林楚笑笑，這丫頭還真是摸准了他的性子，知道撒嬌了。

不過在她的骨子裡，還是有些傳統，對於林楚也是極為聽話的。

坐在椅子上，林楚抱著琵琶，彈了一曲，這是當成了吉它在用了，曲調單薄，但卻有別於這個時代的曲子，極是好聽。

「長亭外，古道邊……」林楚一邊彈一邊唱著，唱起前一世的歌來，似乎找回了從前的一些回憶。

只可惜，他不可能再回去了，只能在這裡安家了。

彈完琵琶，三人的眸子很亮，晴雯讚嘆道：「少爺果然是大才子，這首曲有別於流傳下來的風格，歌詞也寫得極妙，道盡了離別，令人傷懷。」

「行了，別誇我了，晴雯，我去讀書了，泡茶吧。」林楚擺了擺手，起身離開。

書房中，他看著書，離開鄉試也沒有幾天了，他總得準備一下。

林楚讓人封了莊子，不再外出，一來是為了擔心變數，二來是楊家的楊天寶那邊或許會使壞，所以他並不想節外生枝。

地瓜生芽了，在八月初三的時候，林楚安排雨下青帶著東西回躍山城，除了地瓜芽之外，還有辣椒種子。

此行有丁武護送，離開之後就是八月初三了。

夜色籠罩著的時候，林楚抱著晴雯，槐花香浮動著，醉人的體香特別好聞。

這段時間，他基本上都是抱著晴雯，有體香的女人總是受人偏愛一些。

「少爺，後天就要鄉試了，行李我都準備好了，食盒的話我會提前準備，就是要辛苦你了。」晴雯輕輕道，抱著他的腰，臉靠在他的胸前，頭髮有些散。

林楚點了點頭，聞了聞她的髮絲，也是槐花香，其實這個時代男人也好，女人也好，極少洗髮。

但林楚也受不了那種味道，所以要求家中的女人都要勤快洗髮，晴雯的髮絲很順，沒有任何油膩感。

他的手撫過她的後背，筆挺光滑，臀兒滾圓，對於他來說，這絕對是世間最頂尖的女人了，以他的閱歷，前世今生都沒有經歷過這等姿色的女人。

所以這種吃豆腐的事，他素來是樂此不疲的。

天亮的時候，林楚醒來，晴雯已經起身了，他慢慢起來，襲人從外面走了進來，為他更衣，小臉一直紅撲撲的。

鍛煉了身體之後，林楚一身汗，經過這段時間的強身，他的身體變得好太多了，不像是從前那麼虛弱。

明天就要鄉試了，林府的所有人很有點緊張，晚上的時候，陸秋水安排人做了一大桌子菜。

後宅正堂中，林楚和三個丫鬟、陸秋水坐著吃飯，他的目光掃過四人，笑笑：「這是怎麼了？多笑笑，鄉試而已，至於那麼緊張嗎？」

「少爺，話可不是這麼說的，能考上舉人，那就可以入朝為官了，現在文官又很受重視的，少爺要是中了，那身份就不一樣了。」

陸秋水認真道，晴雯點了點頭。

「陸姨說得是，不過少爺才華橫溢，一定能中的。」

「要是中了，明年還要去金陵參加會試，我還沒去過呢。」林楚聳了聳肩。

四個人笑了起來，襲人一臉驕傲，平兒有些膽怯，抿著嘴，慢慢笑。

林府的院子裡掛上了燈籠，增添了幾分的喜慶。

第二天一大早，林楚就起來了，照樣鍛煉身體，一身是汗，洗了澡，換了身衣服，他直接出發。

鄉試的地方很大，林楚一身白衣如雪，特別英俊。

陸秋水和晴雯送他過來的，檢查過後，林楚找到了自己的單間，位置還不錯，他放下行李，收拾了一下，慢慢進入狀態。

發下考題的時候，林楚看了看，沒有任何猶豫，直接就動筆了。

四書五經的經義闡述，在這方面，林楚可以說是彙聚了數千年的精華解讀，想著前一世看到的一些資料，抄起來毫不費力。

這一次鄉試，謝廣海和曾洪盧也參加了，鄧家的鄧子安也參加了，但應當不是一個考點，林楚並沒有遇到他們。

三場考試，每場三天，不能洗澡，不能洗頭，的確是並不舒服，但林楚並不在乎，前一世他就是那種堅韌之人，這點小事也困不住他。

三天之後，第一場結束，林楚活動了一番，到院子裡轉了轉，四周不少人在討論著這場考試的一些情況，互相探討。

林楚卻是沒有參與其中，聽著幾人說著情況，目光掃了掃，記了幾個人的臉，這幾個人的確是有些才華，引經據典，說得極好。

以後可以多交幾個朋友，林楚覺得就算是商人，也是需要朋友的。

後面兩場，一場是詩賦，這對林楚是一點難度都沒有，他抄了一首詞。

「滾滾長江東逝水，浪花淘盡英雄。是非成敗轉頭空。青山依舊在，幾度夕陽紅……」

這種詩賦，並不是即興而發，而是要符合題目的要求。

三場考完，林楚覺得腿都有點酸了，熬這麼九天的確是很累人的，這也從側面證明了他的身體的確不算是很強。

走出考點的時候，晴雯迎了過來，接過他的行李，一臉心疼道：「少爺，你瘦了。」

「這才幾天時間，有這麼明顯嗎？」林楚聳了聳肩，一臉笑意。

陸秋水看了他一眼，點頭應和著。「很明顯的，少爺是真瘦了呢。」

「吃得不太好，瘦一點也是很正常的，不過總算是考完了，回家洗澡，身上都臭了。」

林楚聳了聳肩，一臉笑意。

上了馬車，陸秋水驅車，晴雯將他的腳抱入懷中，輕輕揉著小腿，他舒服地哼哼了兩聲，同時輕輕道：「味道可不怎麼好聞，鬆開吧。」

「不，少爺身上的味道很好聞的。」晴雯說得很認真。

林楚看著她的樣子，光滑的臉上泛著紅暈，心中卻是動了動，也差不多了，這可愛的模樣，晚上不如就吃了吧。

晴雯抬眉看了他一眼，注意到他火辣辣的目光，她的臉色一紅，迅速垂下頭，輕輕咬著嘴唇，心有些亂。

一路回了家，林楚下車時，一大群人圍了過來，他揮了揮手。「我回來了，今天晚上，去買兩隻羊，燉羊肉吃。」

所有人歡呼著，林楚笑笑，進了後宅。

平兒燒水，晴雯幫著林楚洗澡。

寬大的木桶裡，水汽蒸騰著，晴雯坐在水裡，為他洗著頭髮，九天沒洗頭，有些微微的打結。

「晴雯，晚上……」林楚輕輕道，只是話並沒有說完，伸手捏了捏她的腳兒。

晴雯抬頭，勾了勾嘴角，點頭，聲音細如蚊蠅：「我一直在準備著呢，少爺。」

第十章

媚術

腳步音響起時，襲人急匆匆走了進來，行了一禮道：「少爺，謝家少爺來了。」

「讓他等一會兒，先為他上盞茶……不用太好的茶，謝家是賣茶的，手上什麼好茶都有，為他準備太好的就沒有必要。」

林楚輕輕道，襲人應了一聲，轉身離開。

晴雯已經為他洗了頭，用梳子梳了一遍，弄得整整齊齊，之後再為他洗著身體。

自始至終，林楚一直握著她的小腳，柔軟玲瓏，雪白滑膩。

晴雯的臉色一直紅撲撲的，身子也軟軟的，但什麼話都沒有說。

洗了兩遍，林楚這才覺得舒服了許多，出了木桶。

晴雯為他擦淨了身子，換上了一身長袍，有了丫鬟之後，穿衣的麻煩就解決了，林楚只要站在那兒舉著雙臂就行了。

頭髮也沒紮起來，就那樣披散著，畢竟還沒乾，他看了一眼晴雯，她身上還有水珠，在皮膚上滾動著，那股子媚意無以形容。

林楚抱了抱她，她驚呼了一聲：「少爺，身上有水呢！」

「有水也是香的！」林楚笑了笑，在她的臀兒上拍了一下，這才轉身離開。

晴雯的臉色一紅，但心裡卻是很甜。

前廳之中，謝廣海已經坐了半個小時了，喝了三杯茶，他吐了吐嘴裡的茶沫子，對著一側的平兒說道：「你們林家就喝這種茶？」

「謝少爺，我也不清楚，這都是我們家少爺安排的。」平兒老老實實道。

謝廣海正要說點什麼時，林楚的聲音響起：「我們躍山城可不比臨山城啊，沒有什麼特別好的茶，你就將就著喝吧。」

「姐夫，你這話說得就見外了，你沒有，可我們有啊！我們謝家就是產茶的，家裡藏茶太多了。

放心吧，等我回臨山城之後，就讓人送茶到林家去，讓姐夫嘗嘗真正的好茶，那可絕對是一泡之下，香漫滿屋。」

謝廣海一臉認真道，林楚笑笑，他果然很上道，坐到他的身邊，他問道：「廣海，找我有事？」

「姐夫，鄉試已經結束了，總得慶賀一下，我們去煙雨樓聚聚？」謝廣海應道。

林楚一怔。「慶賀？這只是考完而已，成績如何卻不知道，至於慶賀嗎？」

「當然了，中了舉，那就算是提前慶賀，要是沒中，那也不影響什麼，反正總得開心一些，姐夫說是不是？」

謝廣海揚著眉，一臉笑意，林楚點了點頭，對於謝家這樣的豪族來說，中舉也的確不算是有多了不起。

一邊思索，他一邊詢問道：「那就一起去吧……對了，你考得怎麼樣？」

「感覺還好，不過如果中了，那最多就是一個榜尾，我並沒有多少才華，遠遠比不上我姐姐。

要說到行商，我還是很自信的，但要說到科考，那還真是沒什麼自信，這就是我們這種家庭的長處。

我還算是好，到底是中過秀才，但鄧家的鄧子安，就連秀才都是買來的，中舉想也別想了。

本來他也想花錢買個舉人，但今年皇上讓人暗中盯著科考舞弊之事，所以無人敢做這些事情，估計以後會越來越難了。」

謝廣海應了一聲，林楚呆了呆，這種事果然是有的，避無可避。

和平兒打了個招呼，讓她去和晴雯說一聲，順便把陸秋水叫出來，他收拾了一下，直接出門。

煙雨樓就在青湖城內城的邊緣，相當大。

夕陽下，紅紅的燈籠在風中晃著，林楚怔了怔，這竟然是一座青樓？

聽名字他還以為這是一座酒樓，沒想到會是青樓。

只不過自外表看，煙雨樓的格調很是高雅，三層樓的建築挺大氣，一側就是一個湖，四周柳樹垂著，風景絕佳。

人已經不少了，多數都是來參加鄉試的江南學子，飲酒作樂，十分熱鬧。

林楚跟著謝廣海朝著三樓走去，一邊走一邊說道：「廣海，你把我帶這兒合適嗎？就不怕你姐姐知道了？」

「姐夫，男人出來青樓談事不是很正常嗎？我姐姐要是連這種事情都管，那就是失德了。」謝廣海一臉詫異。

陸秋水跟在林楚的身後，也是一臉平靜，毫不在意。

林楚心中一動，這真是一個美好的時代，所有人都覺得這是天經地義的，那他自然就不用在意了。

三樓的包間裡，曾洪盧已經在了，見到兩人時起身迎了過來。

坐下後，曾洪盧為兩人上了酒，這才輕輕道：「林兄為大才子，這次鄉試應當是可以中舉了吧？」

「到月底時就知道了，不著急。」林楚笑笑，沒有直接回答這個問題。

謝廣海擺了擺手。「不聊這些了，聽說今晚會有自金陵來的大家獻藝，我先讓人安排姑娘過來陪酒。」

林楚並沒有制止，他也不是什麼假清高的人，這種事，值得學習一下，抱著批判的精神來學習，想來收穫一定會不小的。

煙雨樓安排了三位姑娘過來，長相頗為清秀，但要說到多漂亮就談不上了，別說是和晴雯比了，就算是和襲人比也差了點意思。

只不過依舊算得上是美女了，尤其是風情不錯，眉角綻著，染紅的眼角，那種風情一看就是挺騷氣。

勾欄聽曲，美人如畫，單單看這美人倒也對味。

坐在林楚身邊的姑娘勾著尾指，指甲上還塗著紫色的鳳尾汁，看起來有些妖，她輕笑道：「公子請飲酒。」

林楚接過她遞過來的酒杯，應了一聲。「今晚的大家是哪一位？」

「就是金陵城來的隱娘。」姑娘應了一聲。

林楚的心中一怔，臉上卻是不露分毫。

隱娘？隱隱約約中，他似乎是想起什麼事情來了，他的五石散就是這個隱娘提供的，這才導致了他的身體虛弱。

這點記憶是屬於這一世林楚的，本來林楚還讓人在躍山城查了一段時間，卻是沒有找到這個隱娘，所以他就放下了。

沒想到竟然在青湖城找到了她的行蹤，她來自於京師金陵？還是當今大家？這麼多的巧合，當真是有點意思。

林楚微微一笑，仰頭將杯中的酒喝了下去，目光閃了閃，一會兒一定得見見這個隱娘。

青樓中的風塵味是免不了，就算是再高雅的青樓那也是青樓。

勾欄的曲，迷人的腰。

林楚喝著酒，手撫過身邊女人的腰肢，聽著一樓傳來曲，心中感嘆，這和前一世的會所差不了多少了。

身邊的女人勸酒，謝廣海和曾洪盧來者不拒，很痛快，但林楚就沒有那麼容易受到蠱惑了，喝得很隨意。

謝廣海和曾洪盧一人喝了七八杯酒，林楚這才喝了一杯，所以很散淡。

他身邊的女人目光閃了閃，再次勸酒：「林公子只喝了一杯酒呢，可是比謝公子和曾公子要弱很多啊。」

「妳叫海棠是吧？妳這話就說對了，要說到酒量，我比不過他們，所以就少喝一點。」

林楚笑笑，不以為意；她這一手明顯就是想要激起年輕人的勝負欲望，畢竟林楚才十七歲，總有些年輕氣盛。

但他的身體裡卻是裝著一個三十多歲的靈魂，自然不會受到女人的影響，而且最重要的一點，她的手段比起前一世會所的那些女人還是低級了不少。

那些女人個個都是能說會道的，表演功力也高，什麼賣茶為爺爺治病，扛水泥為救癱瘓多少的丈夫之類的。

只不過林楚在看向海棠時，心裡卻是不免有些異樣，她的眼睛似乎很亮，內裡流動著光，格外吸引人。

林楚的心中一動，表面卻是不動聲色，或許，這就是一種媚術？

陸秋水坐在門口，林楚想了想，起身離開，說是要去茅房。

出了門，他對著陸秋水使了個眼色，她跟著他一路走向一側的茅房。

「陸姨，這世上有媚術嗎？」林楚問道。

陸秋水一怔，接著低聲道：「少爺，我回去看看，江湖中的確是有媚術的，其中以西涼姹女宗為尊，東周也有一個宗門，叫『隱宗』，都長於媚術。」

林楚點了點頭，陸秋水轉身離開，他進了茅房，收拾了一下，洗了手，他這才離開。

一路走回去，陸秋水從一側迎了過來，低聲道：「少爺，那個海棠的確會媚術，不過不算很強，應當不是核心弟子。」

「知道了，陸姨要小心戒備。」林楚點了點頭。

陸秋水的臉上有些凝重，低聲道：「少爺，今晚會有變數？」

「不一定，以防備為主。」林楚搖了搖頭，在身上摸了摸，將錢袋遞給她，接著轉身走入了房內。

海棠的目光閃了閃，起身迎了過來，曼妙的身子側了側，靠入他的懷裡。

林楚伸手攬著她的腰肢，有如蛇腰似的，他的手也不老實，輕輕捏了幾下，很有一種放蕩的感覺。

謝廣海在一側笑了起來，林楚這時已經坐到了一側。

海棠正要說話時，下方傳來一陣的絲竹之音，這是古琴音，高山流水，很是好聽。

林楚一怔，鬆開海棠，扭頭看向窗外，一名女子坐在一樓的高臺上，一身紫衣，臉上也蒙著紫色面紗，盤坐在古琴之後。
她的手很細長，手指嫩白如蔥，雙手如電，不斷遊走在琴弦上。
煙雨樓中靜了靜，林楚瞇了瞇眼睛，看著女人，這應當就是隱娘了。
隱約間，他想起來了，似乎就是眼前的女人，他見到她的時候，她也是蒙著面的，但整個人卻總是能讓人想起仙女的感覺來。
「力拔山兮氣蓋世，時不利兮騅不逝。騅不逝兮可奈何，虞兮虞兮奈若何！」
隱娘唱的曲明明是《垓下歌》這種霸氣的歌，卻是被她硬生生唱出了婉轉情怨，煙雨樓中越發安靜了。
林楚呼了口氣，心中讚嘆，這應當才是真正的媚術了，以前他都毫無所覺，很容易就被迷住了。
沒想到現在卻是一點反應都沒有，要知道他也不會武功的，所以這完全就是有點莫名其妙的感覺。
一曲唱完，有人喝彩，一名男子的大喝音響起：「再來一曲！」
隱娘身側站著一名男子，一身白衣，看起來風流儒雅，他微微一笑道：「在下煙雨樓東家，隱娘自金陵而來。
她是曲中大家，一直在天下遊歷，此來青湖城，就是為了江南學子們助興，此次鄉試結束，願諸位學子皆能中舉。」

喝彩音不斷，林楚看了他一眼，沒什麼動作，只是看到身邊的謝廣海和曾洪盧都很激動地鼓掌，所以他也跟著喝彩。

「那麼隱娘就再來一曲吧。」隱娘開口，聲音當真是好聽，在煙雨樓中回盪。

這一次她唱的是《詩經》中的古曲：「呦呦鹿鳴……」

林楚跟著搖頭晃腦，不管如何，這一身古典的樣子，唱著這樣的歌曲，在前一世那絕對就是頂流了。

唱完這一曲之後，隱娘退走，林楚借機起身離開。

往樓下看了一眼，一樓的人太多，他雖然看著隱娘退入了一側的長通道中，但他根本擠不進去。

想了想，他到了二樓，一路走到長通道中，走到後面，後面竟然可以看到湖，這在三樓就沒有。

看了看離開一樓的距離，差不多有三公尺多，這個年代的層高還是有點嚇人。

好在陸秋水也跟著來了，她低聲道：「少爺，我和你一起下去。」

說完，她抓著林楚的後背，身形一晃，一躍而下，跳到了一樓。

林楚沒來得及叫出聲來，只是覺得身體一沉，風有點烈，人就站在一樓了。

這裡就在湖邊，他扭頭看了一眼，陸秋水指了指一側的窗子，林楚走了過去。

窗子都是用紙糊出來的，林楚準備學著前一世電影上看來的畫面，偷偷用手指捅破窗子時，陸秋水的身形出現在他的身前。

她的袖子一甩，窗子上飛出了一篷暗器，將窗紙割裂開來，但卻又盡數沒入了陸秋水的袖子裡。

窗紙被割裂得粉碎，窗內的光景一目了然，林楚看到了隱娘，還有煙雨樓的東家，兩人的身邊還有一名丫鬟，此時她的目光中還有些凶狠，顯然暗器是她丟出來的。

「千手門？」丫鬟沉聲道。

陸秋水並不答話，林楚也沒理她，目光落在隱娘的身上，有些微微的失神道：「隱娘，是妳嗎？」

這當然是裝出來的，這一世的林楚很是迷戀隱娘，所以才沒有要任何丫鬟，這一點恰是這一世林楚心中的遺憾，此時被重生的林楚全盤接受了。

隱娘的目光閃了閃，落在林楚的臉上，盯著他看了片刻，這才輕輕道：「原來是躍山城的林公子，數月未見，沒想到你變化這麼大了。」

林楚的變化的確不小，不僅長高了，身體也強壯了幾分，臉色也變得好了起來，一臉自信，甚至笑容也比從前要燦爛。

「隱娘，我想和妳談談。」林楚輕輕道，依舊很自信。

隱娘的目光流轉著，很是好看，林楚微微有些失神，總有些搖晃。

這自然也是他刻意表現出來的，他聽了陸秋水所說的一些中了媚術的細節，憑著感覺裝出來的，反正只是演戲而已，他不缺演技。

「林公子，我們在湖邊走走吧。」隱娘輕輕道，轉身走了出來，動作並不快，婷婷嫋嫋的，搖曳生姿，腰肢擰得很有韻味。

那名丫鬟要跟著她，她伸手制止了，丫鬟的臉色一變。「小姐，危險……」

「不用說了，林公子是讀書人，不會行粗魯之事。」隱娘擺了擺手。

林楚笑笑，跟著她沿著湖邊走去，陸秋水想要跟上，被林楚制止了，對著她丟了一個很是鎮定的眼神。

這是在煙雨樓，人家的地盤上，已經算是身處危局，別看陸秋水是高手，但要真是起了衝突，也不知道陸秋水有沒有能力帶他離開。

所以跟著隱娘獨自轉轉也沒什麼問題，反正都有危險，隱娘看起來也不怎麼厲害，他還能應付。

這一刻他倒是怪起了雨下青，這傢伙為他打的劍到現在也沒有打好，也不知道是真在進行中，還是壓根就沒有進行。

湖不小，夕陽漸沉，染紅了湖面，倒影著綠樹，風景極妙。

只是夏日總是熱的，隱娘身上的紫裙很是飄逸，她的額前有汗，身上汗津津的，彌漫著女人香，很好聞。

「林公子，聽說你被玉山賊抓走了，帶上了玉山，我還擔心過一段時間，現在看起來你沒事情，這真是太好了。」隱娘輕輕道，吐字如黃鸝，很好聽。

林楚應了一聲。「隱娘，我已經有數月沒有見到妳了，要不是來青湖城，恐怕此生是見不到了，妳倒是好狠的心。」

「隱娘也是身不由己，只是林公子，之前我給過你的神物你還有嗎？」隱娘輕輕道。

林楚搖了搖頭。「用完了。」

「回頭我再給林公子一瓶。」隱娘點了點頭，目光閃了閃，有些異樣。

林楚應了一聲，目光落在她的臉上，微微有些癡迷，這依舊是裝出來的。

兩人走得並不快，走著走著，天暗了下來，煙雨樓的燈籠亮著，隱約的光浮動著，卻是並不明亮。

隱娘停下了腳步，站在一處空曠之地，身側就是湖水的深水區，荷花開得正豔，隱約的清香傳來。

「林公子，我一直住在金陵城，對於我來說，每日彈琴唱曲並非我所願，只是世人皆醉於美色。

金陵城中的達官貴人太多，我也過得很清苦，這段時間沒有理會你，也望你能理解，這條路本就不好走……

對了，聽聞你最近做了很多的事情，發明了鵝毛筆，林郎筆已經風靡東周了，還有，我聽說香皂也是你發明的？

說真的，我還真是驚訝於你的才華，從前的時候，我沒有發現這一點，只知道你醉心於讀書……」

隱娘輕輕說道，只是說到這裡時，林楚的心中一驚，她並非不瞭解他，原來一直在調查他，這麼說的話，她應當是起了殺心了。

下一刻，隱娘伸手拍向他的胸前，掌力並不雄厚，但卻依舊有著幾分的力量感，她竟然會武功。

林楚心中慶幸早一點查覺到了，只是這個時候他別無選擇，畢竟他不會武功。

退一步他就落到水裡去了，向前他又避不開，但他的經歷豐富，所以依舊沉著，雙手直接拉住了她的手，向前一拽。

雪白修長的手掌拍在他的胸前，林楚直接飛起，落向湖裡，但他的手一直在鎖定著隱娘，將她一起拽入了水中。

「撲通」一聲傳來，林楚隱隱覺得胸口有些發脹，鼻子裡淌出了血痕，好在因為他這一拽，隱娘的力量沒有蘊足，倒不至於一擊斃命。

「林公子，我知道你不會游水，那就很抱歉了，下輩子有緣再見。」隱娘輕輕道。

林楚的身子沉了下去，一側傳來陸秋水的長喝音，幾個起落追了過來。

那名丫鬟直接攔在她的面前，雙袖一甩，數道暗器籠罩著她，但她雙袖舞動，直接將暗器收走。

在收暗器的時候，同時有一篷暗器甩了出去，丫鬟接了幾道暗器，卻是沒有接全，兩道暗器落向她的胸前。

白衣閃過，煙雨樓的東家攔在了丫鬟的身前，在腰間一抹，一柄軟劍彈到了手裡，「叮叮噹噹」聲響起，兩枚暗器被攔了下來。

陸秋水的面色一冷，她是六品高手，這在江湖上已經算是不弱了，但沒想到煙雨樓的東家也是六品，而且劍勢堂皇，功力深厚。

「你們為何要殺害少爺？」陸秋水喝了一聲。

煙雨樓的東家笑笑。「無需理由！」

「林家在江南是望族，你殺了少爺，整個煙雨樓都會陪葬的！」陸秋水咬著牙，銀髮飛著，雙手甩了幾道暗器出去，暗器在空中打著彎，手法巧妙至極。

此時的林楚沉入了水中，他並不是這一世的林楚，水性驚人，在水底潛隱。

隱娘轉身朝著湖邊遊去，看得出來，她的水性有一些，但並不算好。

林楚勾了勾嘴角，伸手拽住了她的腳踝，腳踝入手特別滑嫩，不得不說，這個女人當真是妖精。

只可惜，卻是蛇蠍心腸，說殺就殺，毫不念舊情。

他用力一拽，將隱娘拽入了水中，隱娘抬腳踢向他的手，但林楚卻是鬆開她的腳踝，伸手在她的臀兒上捏了一下。

隱娘喝了一聲，但聲音剛起來就中止了，她的嘴裡都是水，咕咚了幾口下去。

下一刻，她在袖袋中摸了一把，摸出一柄短劍，直接刺向林楚。

林楚有如遊魚一般，直接避開，接著伸手拍在了她的手腕上，這一拍很用力。

在水中發力需要的技巧很多，對於林楚來說卻都不是問題，身為一名極限運動愛好者，他的經驗極為豐富。

隱娘再踢腿，兩人在水底來回過了十幾招，林楚並沒有受傷，隱娘的氣息卻是不夠了，拼命想要上浮。

林楚抓緊時機，直接把她手中的短劍奪下，刺向她的胸口。

——待續

國家圖書館出版品預行編目資料

我的老婆是巨寇 / 木士作. --初版.
--臺中市：飛燕文創事業有限公司, 2024.11-

冊；公分

ISBN 978-626-413-000-4(第1冊:平裝). --
ISBN 978-626-413-001-1(第2冊:平裝). --
ISBN 978-626-413-002-8(第3冊:平裝). --
ISBN 978-626-413-003-5(第4冊:平裝). --
ISBN 978-626-413-004-2(第5冊:平裝). --
ISBN 978-626-413-005-9(第6冊:平裝). --
ISBN 978-626-413-006-6(第7冊:平裝). --
ISBN 978-626-413-007-3(第8冊:平裝). --
ISBN 978-626-413-008-0(第9冊:平裝). --
ISBN 978-626-413-009-7(第10冊:平裝). --
ISBN 978-626-413-010-3(第11冊:平裝). --
ISBN 978-626-413-011-0(第12冊:平裝). --
ISBN 978-626-413-012-7(第13冊:平裝). --
ISBN 978-626-413-013-4(第14冊:平裝). --
ISBN 978-626-413-014-1(第15冊:平裝). --
ISBN 978-626-413-015-8(第16冊:平裝). --
ISBN 978-626-413-016-5(第17冊:平裝). --
ISBN 978-626-413-017-2(第18冊:平裝). --
ISBN 978-626-413-018-9(第19冊:平裝). --
ISBN 978-626-413-019-6(第20冊:平裝)

857.7　　113015159

我的老婆是巨寇 01

出版日期：2024年12月初版
建議售價：新台幣190元
ISBN 978-626-413-000-4

作　　者：木士
發 行 人：曾國誠
文字編輯：夜音
美術編輯：豆子、大明
製作/出版：飛燕文創事業有限公司
公司地址：台中市南區樹義路65號
聯絡電話：04-22638366
傳真電話：04-22629041
印 刷 所：燕京印刷廠有限公司
聯絡電話：04-22617293

各區經銷商

華中書報社　電話 02-23015389
旭昇圖書有限公司　電話 02-22451480
智豐圖書股份有限公司　電話 05-2333852
威信圖書有限公司　電話 07-3730079

網路連鎖書店

金石堂網路書店 電話：02-23649989
網址：http://www.kingstone.com.tw/
博客來網路書店 電話：02-26535588
網址：http://www.books.com.tw/

若您要購買書籍將金額郵政劃撥至22815249，戶名：曾國誠，
並將您的收據寫上購買內容傳真到04-22629041

若要購買本公司出版之其他書籍，可洽本公司各區經銷商，
或洽本公司發行部：04-22638366#11，或至各小說出租店、漫畫便利屋、各大書局、金石堂網路書店、博客來網路書店訂購。
▶如有缺頁、破損，請寄回更換！

Fei-Yan
飛燕文創